リメンバー

五十嵐貴久

幻冬舎文庫

リメンバー

「腐った百合は、雑草よりひどい臭いがする」

――シェイクスピア『エドワード三世』（白水社・河合祥一郎 訳）

Contents

プロローグ　黒い雨

葛飾区木本公園前交番に勤務する長澤《ながさわ》巡査長は、手袋をはめて自転車のサドルに跨《また》がった。

十二月二日、朝から強い雨が降り続いていた。風も強く、冬の到来を思わせる寒い日だ。合羽《カッパ》を着ていたが、ほとんど役に立たないだろう。

夕方四時、陽が暮れかけていた。交番の外に出ただけで体が震えるほど寒かったが、巡回は交番勤務の警察官の義務だ。

地域の治安を守るために、巡回が最も効果的だと長澤は信じていたし、犯罪防止に大きな意味があるのも確かだった。

それにしても酷い雨だ、とペダルを漕ぎながらつぶやいた。雨だけではなく、横風も吹き付けてくるため、冷水のシャワーを浴びているのと変わらない。

巡回には所定のコースがあり、公園西側の桜堤を通り、江戸川の河川敷まで出た後、公園の外周を廻って交番へ戻る。所要時間は約九十分だ。

木本公園は都内でも最大規模の水郷公園で、面積は九十六万平方メートル、東京都地域防災計画でも大規模救出・救助活動拠点に指定されていた。

最も賑わうのは春の花見シーズンだが、季節を問わず、来園者は絶えない。客同士のトラブルが起きることも少なくなかった。

ただ、今日に限っては何もない、と長澤は思っていた。朝から降り続いている雨と寒さのため、公園を訪れる者がほとんどいなかったからだ。

三十分ほどかけて桜堤に出ると、完全に陽が沈み、辺りは暗くなっていた。雨に遮られ、街灯の明かりもほとんど見えない。

急ごう、とペダルを踏む足に力を込めた。自転車のライトだけが頼りだった。

桜堤の門から公園の外に出ると、道路に一台の車が停められていた。黒のミニバンで、特に目立つところはない。

通り過ぎようとしたが、無意識のうちにブレーキをかけていた。河川敷の奥にある土手から、江戸川に向かって何かを投げ込んでいる小さな影が見えた。

またか、と小さく舌打ちした。ゴミの不法投棄だ。過去にも、何度か遭遇したことがあった。

今年五十歳になる長澤は、生まれも育ちも葛飾で、子供の頃から江戸川が遊び場だった。

自分たちの川だという意識が、心のどこかにある。厳しく注意しなければ、気が済まなかった。

ミニバンの側で待っていると、すぐに真っ黒なレインコートを着た小さな影が戻ってきた。懐中電灯を向けると、三十代半ばの女だった。

フードのため、顔はよく見えなかったが、ストレートの黒髪が、肩先まで届いていた。ごく普通の、どこにでもいそうな女だ。

何をしてるんですか、と長澤は声をかけた。二メートルほど離れたところで、女が立ち止まった。

「今、川にゴミを捨ててましたね？」

いいえ、と女が首を振った。いい加減にしなさいよ、と長澤は思わず声を荒らげた。

「川にゴミを捨てているのを見てたんです。子供じゃないんだから、常識ってものがあるのはわかるでしょ？　そういうことをされると、困るんですよ」

すいません、と女が素直に頭を下げた。二度としないと約束するなら、と長澤は強い調子で言った。

「今回だけは大目に見ますが、河川へのゴミの投棄は違法行為です。わかりましたね？」

二度としません、と女が低い声で言った。何を捨てていたんです、と長澤は一歩近づいた。

挙動に不審なところはなかったが、頭ではなく、体が何かを感じていた。警察官としての直感だった。

何を捨てていたんです、ともう一度繰り返した時、女の全身から漂う生臭い不快な臭《にお》いが、長澤の鼻孔を襲った。

雨は匂いを消す。女との距離は一メートル半ほどだ。にもかかわらず、伝わってくるはずのない臭いが周囲を満たしていた。

生ゴミの腐敗臭に近いが、もっと強烈な悪臭だ。血、という単語が脳裏を過《よぎ》った。

頭を下げた女が前を通って、ミニバンのドアを開けた。その肩を摑んだ時、凄まじい臭気に吐き気がした。

「待ちなさい！　そのまま動くな！」

レインコートのフードが外れ、女の顔が見えた。目鼻立ちははっきりしていたが、一切表情がなかった。

警棒を突き付けたまま、長澤は車内を見回した。鼻に腐った魚を突っ込まれたような、強烈な臭気。

助手席に置かれていた黒いビニール袋の口を開いた。入っていたのは肉の塊だった。

警棒の先で触れると、黒ずんだ塊が横に倒れた。白濁した二つの目玉が、長澤を見つめていた。

「これは……」

女に目をやった。ドアに手を掛けたまま、虚《うつ》ろに顔を振り続けている。そのたびに、不快な悪臭が強くなった。

気づくと、拳銃を構えている自分がいた。警察官になって三十年近く経つが、ホルダーから拳銃を抜いたことはなかった。

長澤の中にあったのは、純粋な恐怖だった。目の前にいるのが、凶暴な連続殺人鬼だとしても、これほど怯《おび》えなかっただろう。

女は小柄で、素手だ。ナイフのひとつも持っていない。怯える理由は、何もなかった。だが、実際には拳銃を構え、引き金に指を掛けていた。怖かった。無言のままの女が、どうしようもないほど怖かった。

動くな、と叫んだ時、腰が抜けて道路に尻が落ちた。女は動かない。そのままの体勢で、長澤は胸の無線のスイッチを押した。

「至急、誰か来てくれ！　本庁にも連絡を頼む。場所は桜堤、江戸川河川敷近くの車道。応援を寄越せ！　急げ、殺人だ！」

女がゆっくりと首を右に傾けた。銀色の矯正具をつけた歯を見せて、微笑んでいる。

黒い雨の中に浮かぶ薄い唇と矯正具、そして白い歯。それがゆっくりと近づいてくる。拳銃を握る手が激しく震えた。

「大至急だ！　頼む、誰でもいい、早く来てくれ！」

込み上げてきた胃液を、すべてその場に吐いた。腐った肉塊の臭いのためなのか、切断された頭部を見たからなのか、女の微笑のせいなのか、それさえわからなかった。

パトカーのサイレンが近づいてきた。雨が激しくなっていた。

Heart 1
心理感染

1

透明な涎《よだれ》が痩せこけた老人の唇の端から垂れ、清潔なパジャマの襟を汚していた。

後から後から、涎は蜂蜜のように糸を引いて垂れ続けている。右目に眼帯を付けた三十代後半と思われる女性が、ハンドタオルでそれを拭いながら、僅《わず》かに開いた老人の口に小さなスプーンを丁寧に差し入れていた。

高齢者に多いが、咀嚼《そしゃく》や嚥下《えんげ》が困難になっている者に、食事そのものを細かく砕き、液状にして与えることがある。それをミキサー食と呼ぶのを、わたしは知っていた。

モニターに映っている老人の様子から、認知症患者だと想像がついた。老人の顔に表情はなく、意思や感情を喪失しているのは明らかだ。八十歳前後だろうが、年齢から考えても、認知症の可能性が高い。

いつも言ってるでしょ、と女性が優しく声をかけた。

「ご飯を食べる時は、テレビを見ちゃダメだって。ご飯の時はご飯、テレビを見る時はテレビ。どちらかにしないと……」

甲斐甲斐しく老人の口元を丹念に拭っている女性の頬に、笑みが浮かんでいた。父娘なのだろう。そうでなければ、これほど献身的な介護はできないはずだ。

涎を拭き取る指先の細やかな動きだけで、どれほど父親を愛しているか、伝わってくるようだった。

ストップ、と立原政則《たちはらまさのり》教授が低い声で言うと、音声認識でノートパソコンのモニターが静止した。顔を上げると、他の三人と目が合った。

十二月十二日、午後三時。帝光《ていこう》大学医学部精神科の立原研究室にいたのは、立原教授と、わたしを含め四人の研究生だった。

日本最大のマンモス大学である帝光大学には、学部だけでも十八、学科は九十以上あり、短大や通信教育部、大学院研究科を合わせると、学生数は八万人を超える。

キャンパスは学部ごとに分かれ、都内に七つ、関東全県に合わせて十一あり、医学部キャンパスは都営三田線板橋本町駅から徒歩十分ほどの場所に置かれていた。

帝光大にはレクチャーシップ、通称ＬＳと呼ばれる独自の制度がある。大学及びその関連施設等で働いている者に対し、修学の機会を与えるため、希望すればどの科の教授の研究でも参加できるというシステムだ。

立原教授は帝光大学付属病院の精神科医を務める傍ら、自身の研究室でＬＳを開講していた。今年のテーマは集団心理だった。

わたしたち四人は四月から立原教授のＬＳに入り、週に一度、集団心理の研究を行なっていた。ＬＳは四カ月ごとに三段階で進められ、七月まで立原教授による概説講義を受けた後、八月からは集団心理メカニズムの実験、今月以降来年の三月まで、その結果について討議するというのが、大まかな予定だった。

研究室内にあるミーティングルームにいたわたしたちの前に、それぞれのノートパソコンがあった。心温まる光景だな、と文理学部心理学科講師の日比野《ひびの》辰也《たつや》が皮肉な笑みを浮かべた。

背が低く、小太りで手足が短い。斜に構えた話し方は、彼の癖だった。

「付属病院の精神科病棟に入院している患者ですか？　八月に家族の了解を得て、実際に病室の見学をしたことがありましたけど、この老人のことは覚えてないな……。教授、この映像が集団心理の研究と何の関係があるんです？」

わたしにも同じ疑問があったし、他の二人もそうだろう。先週のＬＳでは、四カ月近くかけて帝光大各学部の大学生千人に対して行なったアンケートの結果を基に、今後その分析をしていくと立原教授自身が指示していた。

わたしたちもそのつもりだったし、準備もしていた。にもかかわらず、席に着いた途端、女性が老人を介護する映像を見せられたため、誰の顔にも戸惑いの色が浮かんでいた。

言いたいことはわかってる、と立原教授が薄い茶の入った眼鏡越しにわたしたちを見つめた。五十五歳、帝光大学付属病院精神科主任教授兼文理学部心理学科教授。

年齢より若く見えるのは、カジュアルな服装のためもあるのだろう。トレードマークの黒のタートルネックに、濃い茶のジャケット、グレーのスラックス。

きれいに整えられた顎髭を蓄えたその姿は、古いカフェのマスターを思わせるものがあった。

「このＬＳの研究テーマは集団心理だ。以前話したが、群集心理と言った方が通りがいいかもしれない」

集団心理、群集心理、いずれも社会心理学で使用される用語だ。辞書的に定義すると、群集の中に生まれる特殊な心理、ということになる。簡単に言えば、群集の心理、感情、概念、行動が同一の方向に収斂《しゅうれん》する状態を指す。

「集団心理に多角的なアプローチを試みる、というのがこのLSのテーマだ」立原教授が短い顎髭に触れた。「自分で言うのも何だが、なかなか画期的なテーマでね。例えば宗教、政治、思想、主義、そういったものも集団心理として考えることができる、というのが私の仮説だ」

わかっています、とわたしたちはうなずいた。集団心理の研究は十九世紀末に始まったが、現代的な問題でもある、と立原教授が眼鏡をシルクの布で拭いた。

「ヒトラーが愛読していたことで知られる、フランスの社会心理学者、ル・ボンが著した『群衆心理』には、誘導、扇動、演出その他の手段によって群集心理を左右することが可能だ、と記されている。つまり、ナチスの台頭、ファシズムの横行、それに続く戦争は心理学の応用と解釈することも可能だ。ただし、そのためには組織力、資金力が必要だし、何よりもカリスマ的な存在が不可欠だ、と考えられていた。ところが、インターネットの登場と発達により、新しい形のカリスマが生まれた。それがSNSだ」

またその話ですか、と揶揄《やゆ》するように日比野が言った。

「その証明のために、千人の大学生にアンケートを採ったわけですよね？　今見た映像とは、関係ないと思うんですが」

集団心理とは、文字通り個人、あるいは組織による心理誘導だ、と立原教授が言った。

「その対象は数百、あるいは数千、数万、億単位ということもあり得る。だが、同時に私はもっとパーソナルな形の心理誘導が存在し得ると考えていた。個人同士の間で起きるその現象は、心理感染と呼ぶべきだろう。以前から個人的に研究を進めていたが、事情が変わってね……しばらくの間、フィールドワークの一環として、君たちにも協力してもらいたい。非常に珍しい現象だ。いい経験になるだろう」

そう言われても、としかめ面になった日比野の肩を、隣に座っていた背の高い男が軽く叩いた。岸辺和雄《きしべかずお》、帝光大学付属病院の内科医で、日比野と同じ三十歳だが、外見は正反対だった。

岸辺は背が高く、筋肉質で、ルックスも整っている。俳優だと言われたら、多くの者がうなずくのではないか。

学部は違うが、同じ埼玉県の私立高校の出身で、当時は顔と名前を知っているという程度の関係だったが、大学入学後に親しくなったと二人から聞いていた。

立原教授が電子タバコをくわえた。大学構内は全面禁煙だが、研究室での喫煙は黙認されていた。

「詳しい説明は後でするが、君たちに今の映像を見てもらったのは、心理感染と関係があるからだ。とりあえず、印象について聞いてみたい。日比野くんはどう思った？」

　さあ、と日比野が困ったような表情を浮かべた。

「当たり前のことしか言えませんよ。老人は何らかの病気なんでしょう。ぼくは心理学の講師で、医者じゃありませんから、病名まではわかりませんが、認知症だと思いますね。症状も重いようです。アルツハイマー型か、血管性認知症なのか、それ以外か、その辺りは彼女の方が詳しいんじゃないですか？」

　日比野が顔を向けたのは、わたしの隣に座っていた羽《は》島《じま》結《ゆ》花《か》子《こ》だった。看護学部看護学科卒、付属病院の外科部に勤務している二十八歳の看護師で、わたしよりひとつ年上だ。日本人形のように整った顔立ちをしている。物静かで、口数が少ないところも、人形のようだった。

　わたしも痩せている方だが、彼女は身長が百七十センチ近いために、よりスキニーな体型に見えた。長い黒髪、色白なことも含め、印象としては地味かもしれない。

　内向的な性格のためもあり、話しかけにくいと言う人も多かった。シャイということなのだろうが、積極的なわたしとは何もかもが正反対の女性だ。

「日比野さんが言ったように、男性は認知症患者だと思います。ですが、それ以上は何とも……」

どこか憂いのある女性らしい声で、結花子が言った。白崎《しらさき》くんはどう思う、と立原教授が長い足を組み替えた。羽島さんと同じです、とわたしは答えた。

「特に付け加えることはありませんが、献身的な介護だと思いました。父娘《おやこ》ですよね？　娘さんの側には、父親への強い愛情があるようです。父親が四十代の時の子供では？　精神的に緊密な繋がりがあるのは、年齢が離れている親子に顕著な傾向です」

二人の関係性に触れたのは、公認心理師ならではの意見だな、と微笑んだ立原教授の目の前で、内線電話が鳴った。

二言、三言話してから受話器を置いた立原教授が、改めてわたしたちに目を向けた。

「先入観を排除するために、あえて説明しなかったが、クイズを出しているわけじゃない。この二人だが、女性は三十九歳、男性は六十四歳。二人の間に血縁関係はない」

目を丸くした日比野が、冗談でしょうと言った。信じられません、と岸辺が首を振った。

「女性が三十九歳というのはわかりますが、骨と皮だけの痩せ細った体、肌の質感、顔全体の皺や染み、どう見ても男性は八十歳を超えているとしか……」

まさか夫婦とか言うんじゃないでしょうね、と日比野が苦笑を浮かべた。

「いや、三十九歳と六十四歳、二十五歳の年齢差がある夫婦もいるでしょうけど、それにしたって――」

夫婦ではないとしても、と結花子が顔を伏せたまま言った。

「女性の側には、恋愛感情があるように見えました。それと……男性が認知症患者というのは確かですが、女性の方にも何らかの精神的疾患があるのではないでしょうか」

根拠は、と尋ねた立原教授に、テレビですと結花子が答えた。

「食事をする時はテレビを見ないで、と女性が言っていましたが、ベッドの位置から考えると、男性の正面は窓で、そこにテレビはありません。現実に存在しない物について話すのは、統合失調症の陽性症状の特徴です」

鋭いな、と立原教授が感心したようにうなずいた。本当ですか、と日比野が首を捻《ひね》った。

「ぼくは女性の介護の仕方が的確だと思いましたけどね。介護士でも、認知症患者に食事を与えるのは難しいっていうじゃないですか。統合失調症の患者には無理でしょう」

小さくため息をついた立原教授が、おもむろに口を開いた。

「今から警視庁の刑事がここへ来る。事前に説明をしておくべきだったのはわかっているが、どこまで話していいのか……とりあえず、プライバシー保護のため、男性をS、女性をUと呼ぶことにしよう。時期についてもあえて明確にしないが、Sが精神に変調を来したのは、約二十年前だ。十年ほど府中の精神科病院に入院した後、うちの精神科に転院することになった。Sは妻を亡くしており、子供もいなかった。Sの親戚から代理人を委託されたUと二人で、うちへ来たんだ」

言っただろ、と日比野が結花子に目を向けた。

「Uの精神状態が正常だったから、Sの親戚は代理人を委託したんだ。うちの病院だって、精神的疾患がある者は代理人として認めない。わかりきった話だよ」

Sが転院してから、Uに何らかの症状が出たのかもしれません、と結花子が言った。そうではない、と立原教授が眉間を二本の指で押さえた。

「府中で入院していたSが、十年前、主に経済的な理由からうちへの転院を決めた際、Sの親戚がUを代理人に指定したのは、U自身の強い希望があったためだ。親戚というのはSの従兄弟で、それほど深い関係があったわけじゃない。UはSの部下で、信頼できると認められたため、代理人となった。正直なところ、従兄弟にとっては厄介払いができた、ということかもしれん……それまで問題はなかったが、正式に代理人として認められた後、府中でUに精神的な変調が現れた」

何があったんですと尋ねた岸辺に、Sは軽度の糖尿病だった、と立原教授が言った。

「十年間の入院中、その治療も並行して行なわれていた。インスリンの分泌を促す経口薬の投与で、従兄弟もUも同意していた。転院をひと月後に控えたある日、女性看護師が病室に入り、いつものように薬を飲ませた後、血圧をチェックするためSの腕を取った。その瞬間、

Uが看護師を襲った。殴打し、点滴用の針で喉を突いたんだ」

　その場にいた医師がUを止め、すぐに看護師の手当をしたから大事には至らなかったが、と立原教授が顔をしかめた。

「一人だったら、どうなっていたかわからない。この件がきっかけとなり、Uの精神状態に変調があることが判明した。病院はUを入院させ、治療を試みたが、彼女の精神状態は悪化していく一方だった。Sがうちに転院してきた時、代理人としてUが来たと言ったが、その時点でUも患者になっていたんだ。府中の医師は病名を統合失調症としていたが、私の意見は違う」

　何を言っていいのかわからないまま、わたしたちは顔を見合わせた。もうひとつ、この映像を見てもらおう、と立原教授がマウスに手を載せた。

「詳しい説明はその後だ」

　パソコンの映像が動き出した。UがSのパジャマを脱がせ、固く絞った濡れタオルで体を拭いている。話しかける声が、スピーカーから絶え間なく続いていた。

「どうかな、ただしさん。気持ちいい？　ちょっと汗掻いてるけど、暖房が効き過ぎてる？　二十六度だと暑い？　どうしよう、下げた方がいいのかなでもただしさんはさむがりだからあたたかくしておいたほうがいいとおもったんだけど……でも、こうして体をふくときもちいいでしょ？　ああ、わらってるやっぱりそうきもちあたしいいんだいいようごかなくてあたしがぜんぶするからほらうでだしてあたしがきれいにふいてあげるはずかしがらあたしなくたっていいだってあたしはただしさんのことぜんぶわかってるあたしぜんぶわかってるからきにしなくていいほらこっちむいて——」

結花子の唇から、かすかな悲鳴が漏れた。無意識のうちに、わたしも耳を塞いでいた。

Uの声が頭の中で響いている。明らかに正気を失っている者の声だった。

統合失調症の症状は多岐にわたる、と立原教授が映像を止めた。

「陽性症状、陰性症状、項目的に言えば幻覚、幻聴、幻声、妄想、自我障害、意欲低下、自閉、その他数え切れない。だが、Uの症状はどれにも当てはまらない。何らかの妄想を抱いているのは間違いないが、他の要素も混在している。正確な診断は不可能だ」

もう十分です、と日比野が額に滲《にじ》んでいた汗を拭った。

「SとUに精神的な疾患があるのは、よくわかりました。二人の間に心理感染があるということですか？　Sの疾患がUに感染したと？　ですが、現れている症状はまったく違います。そもそも、心理感染という現象はあるんですか？」

ノックの音がした。どうぞ、と立原教授が声をかけると、背広姿の二人の男が入ってきた。

「日比野くんの質問には、こちらの二人が答えてくれるはずだ」

椅子を、と立原教授が命じた。立ち上がった結花子が、壁に立て掛けられていた二脚のパイプ椅子を並べて置いた。

2

警視庁捜査一課第五強行犯八係の山茂《やましげ》です、と四十代前半の男が警察手帳を取り出した。警部補・山茂友行《ともゆき》と、日本語と英語で併記されている。表情は柔らかく、刑事というより通販番組の司会者のようだった。

同じく特命捜査対策室三係の樋口《ひぐち》です、ともう一人の男が名乗ったが、警察手帳は提示しなかった。三十代半ば、浅黒い顔に不精髭が目立ったが、精悍《せいかん》な表情をしていた。

立原教授の研究室には検事、弁護士、警察関係者その他が訪ねてくることがあった。彼らの主な目的は刑事事件被疑者、あるいは容疑者の精神鑑定の依頼だ。

立原教授は精神科医であると同時に、心理学者としても知られている。多数の著書があり、テレビのコメンテーターを務めていた時期もあった。帝光大の方針もあり、精神鑑定の依頼には積極的に応じる、というのがそのスタンスだった。

ただ、刑事が研究室へ来ることはほとんどない、と聞いていた。彼らの仕事は犯人の逮捕であり、裁判と直接の関係はない。山茂と樋口という二人の刑事が何のために来たのか、わたしにはわからなかった。

警視庁ですか、と首を傾《かし》げた日比野に、お忙しいところ申し訳ありません、と山茂が明るい声で言った。その辺りも司会者に似ていた。

「過去、警視庁が立原教授に精神鑑定、プロファイリングその他、相談に乗っていただいていたことは、皆さんもご存じかと思います。今回の事件でも、当初から我々は教授の意見を伺うつもりでしたが、教授の側からLSの研究生を参加させたいと申し出がありまして、警視庁と帝光大学の協議を経て、特例として皆さんにもご協力をお願いしたいと、そういうわけです」

今回の事件というのは、と視線を向けた日比野に、非常に特殊な事件でして、と山茂が笑みを引っ込めた。

「説明の前に、この件に関して、一切口外しないようにお願いします。いいですね？」

口調は柔らかだったが、有無を言わせない響きがあった。捜査中の事件だ、と立原教授が眼鏡のつるに触れた。

「心理感染の実例を研究するため、協力を了解したが、警察の立場も理解できる。あくまでも立原LS内での話に留《とど》めるように……山茂警部補、始めて結構です」

十日前、葛飾区内の木本公園で、死体を江戸川に捨てていた女性が現行犯逮捕されました、と山茂が天然パーマの頭をがりがりと掻いた。

「新聞、テレビ等ニュースで見た方もいるかもしれませんが――」

覚えています、と岸辺が唇を真一文字に結んだ。気味の悪い事件でしたね、と日比野が眉根に皺を寄せた。

「確か……バラバラにした死体のパーツを、ビニール袋に詰めて川に放り込んだとか、そんなことじゃなかったですか？」

ほぼその通りです、と山茂が黒い革のカバンから取り出したファイルを開いた。

「被害者男性の死体を、頭部、両腕、両足、胴体、六つのパーツに解体し、黒いビニール袋に入れ、江戸川に捨てていた犯人を、巡回中の巡査が現行犯逮捕したんです。頭部だけは犯人の車の中にありました。警察が捨てられた死体のパーツを回収、状態を調べたところ、死後一カ月ほどが経過していることが判明、腐敗がそれほど進んでいなかったのは、冷凍保存していたためで……失礼、すぐに終わりますから」

目を固くつぶっていた結花子に声をかけた山茂が、早口になった。

「犯人は宮内静江《みやうちしずえ》、三十三歳のフリーライターです。北雷《ほくらい》出版の週刊エクスプレス、その他いくつかの雑誌で原稿を書くなど、有能なライターだったそうです。殺害されたのは、週刊エクスプレス編集部の滝本実《たきもとみのる》という編集者でした」

刑事さん、と日比野が頬づえをついた。

「異常な殺人事件だというのはわかります。三十三歳の女性が男性を殺害し、死体をバラバラに切り刻むというのは、まともじゃないと誰だって思いますよ。でも、犯人は逮捕されているんですよね？　立原ＬＳの研究生は、四人とも精神科医じゃありません。いったいぼくたちに何をしろって言うんです？」

日比野の言う通りです、と岸辺がうなずいた。

「教授、個人同士の心理感染について検証するためということですが、十日前の殺人事件と、さっき見た映像と、どんな関係があるんです？」

さっきも言った通り、フィールドワークだと答えた立原教授に、樋口がＵＳＢを渡した。見てもらった方が早いでしょう、と山茂がうなずいた。

3

肩をすくめた立原教授がＵＳＢをパソコンに差し込むと、わたしたちのモニターに粗い映像が映った。

中年男性と三十代の女性が、机を挟んで座っていた。カメラは真横から二人を映している。もう一人、二十代後半の背広を着た男の背中が、画面の右端に見えた。

一昨日、葛飾東署で行なわれた事情聴取の映像です、と山茂が言った。中年男性は刑事で、女性は宮内静江なのだろう。

小柄で、かなり痩せているが、特に変わったところはない。どこにでもいる普通の女性にしか見えなかった。

最近は事情聴取の可視化が常識になっていまして、と山茂が説明を始めた。

「関係者以外の視聴は原則禁止されていますが、今回は特別に許可が下りています。担当は自分と同じ八係の倉持《くらもち》巡査部長と峠《とうげ》巡査長、自分と立原教授は、別室でモニタリングしていました」

名前を教えてくださいと言った倉持に、宮内静江ですと無表情のまま女が口を開いた。前歯に銀色の矯正具をつけているのがわかった。

住所、本籍、年齢、職業、学歴、その他確認のための質問が続いたが、それにも素直に答えていた。

「あなたと滝本さんの関係は？」

「交際していました」

唐突に宮内が笑顔になった。ただそれだけのことだったが、心臓を冷たい手で掴まれたような気がして、わたしは胸の辺りを押さえた。

「いつから交際していたんです？」

「ちょうど二年前です」一昨年の十二月二日でした、と宮内が笑みを濃くした。「実さんに誘われて、食事に行ったんです。横浜ライムライトホテルの〝セシボン〟というフレンチの店でした。夜景がすごくきれいで、食事も美味《おい》しくて、とても楽しかったのを覚えています。前から、お互いに好意を持っているのはわかっていましたけど、どこかできちんとその想いを伝えなければならないと、実さんは考えていたのだと思います。彼にはそういう古風なところがあるんです」

「つまり、その日に交際が始まったということですか？」

実さんってロマンチストなんですよ、と女友達に打ち明け話をする時のように、宮内が身を乗り出した。

「思い出すだけで照れてしまうんですけど、彼はお店の人にあらかじめ花束を預けていたんです。真っ赤なバラを百本も……デザートの後で、それを渡されて……もちろん、結婚を前提に付き合ってもらえますかって、フロアにひざまずいて申し込まれました。よろしくお願いしますと返事しました。いえ、答える必要なんてなかったんです。実さんはわたしのことを、わたしは実さんのことを、誰よりもよくわかっていましたから」

小さく咳払いをした倉持刑事が、デスクの調書をめくった。

「宮内さん、私は昨日も同じ質問をしています。あなたは滝本さんと三年半前から付き合っていたと答えました。神戸の〝オルガ・ラタン〟というロシア料理店で交際を申し込まれたと……一昨日は取材で南仏ニースへ行った時、滝本さんの母親の形見のダイヤのリングを贈られたと話してましたが、どれが本当なんです？」

今言ったじゃないですか、と宮内が心外そうな顔になった。

「彼は横浜のレストランで、わたしに百本のバラの花束を贈ってくれたんです。絶対に幸せにするよって……」宮内の目から、ひと筋の涙がこぼれた。「実さんは口数が多い人じゃありません。でも、心の中にはわたしへの熱い想いがあったんです」

「週刊エクスプレスの編集者に話を聞きましたが、あなたと滝本さんは交際どころか、話したこともなかったはずだと全員が証言しています」倉持刑事が机にあった紙コップに手を掛けた。「あなたが五年前から週刊エクスプレスで記事を書いていたのは事実ですが、当時滝本さんは他の出版社で働いていました。彼が北雷出版に転職したのは一年前、週刊エクスプレス編集部に異動してきたのは四カ月ほど前です。あなたは契約ライターで、編集部に顔を出すのは月に一、二度でした。滝本さんがいたのはグラビア班で、同じ編集部でも担当が違います。あなたが彼と話しているところを見た者もいません。交際していたというのは嘘ですね？」

誰がそんなことを言ったんですか、と宮内が平手で机を叩いた。怒りのために、顔が真っ赤になっていた。

「嘘ばっかり……実さんもわたしも、そういうべたべたした関係が苦手じゃないですか。周りにも気を遣わなければならないし、職場恋愛って結構大変なんですよ。すれ違っただけでも、運命の人はわかります。恋ってそういうものでしょう？」

あなたたちは交際していません、と倉持が嚙んで含めるように言った。

「滝本さんは来年二月に結婚することが決まっていました。婚約者がいたんです。話したこともないあなたと付き合うはずがありません。聞きたいのは、なぜ滝本さんを殺害したのか、その動機で――」

誰がそんな出鱈目を言ってるんですか、と宮内が目を剝《む》いた。

「わかってますわかってますわかってる、そんなことを言う奴が誰なのかわたしにはわかってるあたしとかれのことをねたんでいるれんちゅうのかおもなまえもしってるいつだってあいつらはそうだあることないことうわさのたねにしてあたしたちのじゃまをするさいていだ　さいていだ　さいていだどうしてそんなことをするんだろうわからないおかしいんじゃないのあんなやつらしねばいいのにしねばしねばしねばしねばしねば」

十分だ、と立原教授がキーボードを乱暴に叩いた。口を大きく開けている宮内静江の顔が、そのまま静止した。それは人間ではない何かだった。

今のは、と日比野がこめかみを押さえた。

「さっきのUの喋り方と、瓜二つと言っていいほど似てましたね。同じことを何度も繰り返したり、意味不明の言葉を並べ立てるところとか……岸辺、これは精神疾患の症状なのか？」

わからない、と岸辺が額の汗を拭った。

「ぼくは後期臨床研修を終えたばかりだし、専門は内科なんだ。一般論として言えば、精神疾患の病態は様々で、違う病気でもよく似た症状が出ることがある。宮内とUの喋り方がそっくりなのは確かだけど、同じ病気とは限らない」

喋り方だけではなくて、と結花子が形のいい唇を震わせた。

「声の調子とか、顔も……同じ人だと言われたら、信じたでしょう。どうしてこんなことが？」

自分たちもそれを知りたいんです、と山茂が言った。樋口が大きくうなずいた。

少し外してくれ、と立原教授がわたしたちに目を向けた。

「十分後、戻ってくるように。いいね?」

立原教授と二人の刑事が顔を寄せて、低い声で話し始めた。研究室を出ると、廊下に弱い太陽の光が差し込んでいた。

4

ミーティングルームに戻ると、煙草の匂いがした。ばつの悪そうな表情を浮かべた山茂が、携帯灰皿に吸いかけの煙草を押し当てて消した。

わたしたちがそれぞれの席に腰を下ろすと、山茂に目をやった樋口が、時系列に沿って簡単な経緯を説明します、と手元のタブレットに触れた。

座ったまま、山茂が新しい煙草に火をつけて、煙を吐いた。どこか不安そうな様子だった。

警察の組織は複雑で、説明するのが難しいんですが、と樋口が話し出した。低いが、よく通る声だった。

「宮内静江による滝本実さん殺しは、警視庁捜査一課の担当で、捜査の指揮を執っているのは第五強行犯八係の山茂警部補です。僕が所属しているのは、同じ捜査一課ですが、特命捜査対策室、通称コールドケース班と呼ばれていますが、要するに未解決事件の継続捜査がメインの部署です」

何となくわかりますよ、と日比野が言った。刑事ドラマをよく見ているので、そこから知識を得たのだろう。

「滝本さんの事件は十日前に起き、犯人の宮内も逮捕されています」僕たちコールドケース班と、直接の関係はありませんと樋口が微笑んだ。「ですが、過去に起きた事件と関連がある可能性が高いという一課長の判断があり、本件については僕も臨時に強行犯八係に属し、捜査に加わることになりました。皆さんに理解していただくためには、その事件について説明しておく必要があります。僕から話した方がいい、と山茂警部補から指示があったので……」

彼の方が詳しいですから、と山茂が言った。過去の事件、と岸辺と日比野が顔を見合わせた。

事件が起きたのは、約二十年前です、と樋口がファイルをめくった。

「ある男性が、女性からストーキング被害を受けたんです。二人は今で言うマッチングアプリ、当時は出会い系サイトと呼ばれていましたが、インターネットを通じて知り合いました。メールのやり取りが始まり、自業自得と言えばそうなんですが、男性が甘い言葉で女性を口説き、そのために女性が執拗《しつよう》な付きまといを始めたわけです。身の危険を感じた男性は警察に相談しましたが、その時の担当が皆さんの見たS……菅原《すがわら》警部補でした。僕たちがここへ来る前、立原教授が皆さんに見せた映像に、男性が映っていましたね？　あれが菅原警部補です」

菅原、とわたしはつぶやいた。さっきはイニシャルで話したが、実名を含め状況を詳しく説明した方がいいと彼が強く主張してね、と立原教授が樋口に顔を向けた。

菅原忠司《ただし》警部補は、警視庁捜査一課強行犯係に所属していました、と樋口が話を続けた。

「もう一人の女性ですが、彼女は梅本尚美《うめもとなおみ》巡査部長、今、僕がいるコールドケース班所属で、僕の四期上の先輩でした」

二人は刑事だったのか、と日比野が額を強くこすった。説明を続けます、と樋口が口を開いた。

「当時、ストーキングが犯罪だという認識が薄かったのは事実です。二十年以上前ですからね……男性の相談を受けた菅原警部補が捜査を始めましたが、女性ストーカーは男性を拉致し、その後姿を消しました。その際、犯人は男性の両腕、両足を切断、更に目を抉《えぐ》り、耳、鼻、舌を切り取っていました。つまり、放置されていても逃げることさえできない状態だったわけですが、その意味がわかりますか？」

想像しただけで吐き気がした。四肢を切断しても、感染症を防ぐ十分な措置を講じれば、死亡することはない。

だが、犯人の女性は男性の五官まで奪ったという。それは生きていることになるのだろうか。ただ存在するだけの肉塊に過ぎないのではないか。

全員の顔に、嫌悪に似た表情が浮かんでいた。気持ちはわかります、と樋口が小さく息を吐いた。

「異常かつ残忍な行為ですからね。猟奇的とさえ言えます……切断された手足、その他の部位を発見したのは菅原警部補でした。最悪の事態を防げなかった責任感からか、あるいは被害者の絶望を自分の身に置き換えたのか、いずれにせよ強い精神的なショックを受け、現場で昏倒し、今日に至るまで、皆さんが見た映像と同じ状態が続いています。あえて言いますが、廃人同様です」

犯人は捕まったんですかという岸辺の問いに、樋口が肩を落とした。

「コールドケース班が捜査を引き継ぎましたが、女性ストーカーの所在すら不明なままでした。ですが、事件の十年後、被害者男性の死体が見つかったことで再捜査が可能になり、一課とコールドケース班が合同で捜査本部を設置しました。その時、コールドケース班にいたのが梅本刑事です」

説明を続けている樋口を山茂が一瞥《いちべつ》し、目を逸らした。それ以上詳しい事情を部外者に話すな、と言いたいのだろう。苛立っているようにさえ見えた。

「梅本刑事も、捜査に加わったわけですね？」

モニターに映っていた女性の優しそうな笑みを、わたしは思い出していた。梅本には個人的な理由があったんです、と樋口がうなずいた。

「彼女が所轄署から本庁に上がった際、指導を担当したのが菅原警部補でした。当時、捜査一課に女性刑事が所属することはほとんどなく、不当な差別もあったようですが、菅原警部補だけは親身になって梅本を指導、教育していたそうです。その関係は、一年後に梅本がコールドケース班に異動するまで続き、二人の間に強い精神的な繋がりがあったことは、周囲の刑事たちも認めています。恩師ともいうべき菅原警部補を廃人同様にした犯人に、梅本は強い憎悪を持ち、逮捕を自分の義務、あるいは使命と考えていました。仇討ち、ということでしょうか」

梅本刑事が犯人を逮捕したんですかと尋ねた岸辺に、結果としてはそうです、と樋口が答えた。

「警察に相談する前、被害者男性は私立探偵にストーカー女性の調査を依頼していたんですが、その報告書は菅原警部補を経由して、コールドケース班が保管していました。それをもとに、梅本は独力で捜査を続け、犯人の行動パターン、心理をすべて読み切り、どこに現れるかを予想し、確保に向かったんです。しかし、激しい抵抗に遭い、右目を抉られるという重傷を負いました。現場に駆けつけた同僚の青木《あおき》という女性刑事が犯人を射殺し、正確には逮捕と言えないかもしれませんが、事件は終わったんです」

梅本は右目を失いましたが、救出されましたと樋口が言った。モニターの女性が眼帯をしていた理由がわかった。

自分のスマホをスワイプしていた日比野が、これですか、と画面を向けた。

「女性刑事、犯人を射殺……東洋《とうよう》新聞のニュースサイトの記事だ。十年前か……ずいぶん扱いが小さいな。ベタ記事で、続報もない」

刑事が犯人を射殺したという話は、わたしもほとんど聞いたことがなかった。大問題になってもおかしくないだろう。日比野が向けたスマホの画面を見たが、見出しと数行の記事があるだけだった。

警察は身内に甘いと聞いたことがある、と片目をつぶった日比野に、この事件は違いますと樋口がデスクを軽く叩いた。

「犯人が被害者にした行為は残虐で、非人道的なものです。手足、五官を奪われた被害者は、数日、長くてもひと月以内に意識を失ったと思われますが、脳機能が生きていたとすれば……最悪の拷問ですよ」

だから射殺してもいいってことですか、と日比野が口元を歪めた。そんなことは言ってません、と樋口が横を向いた。

「ですが、青木が犯人を射殺しなければ、間違いなく梅本は殺されていたでしょう。刑法37条の緊急避難を適用することも可能でしたが、やはり刑事が犯人を射殺するというのは……結局、青木は懲戒免職となり、他に当時の捜査一課長、特命捜査対策室長の降格等、数名の処分によって、事態を収めたわけです」

ここからが本題です、と樋口がわたしたちの顔を順に見た。

「宮内による滝本実さん殺しは、被害者の自宅で刺殺した後、浴室で死体を解体し、川に体のパーツを捨てるという手口でした。実は、ほぼ同じ形で殺害された者が、この五年間に四人いるんです」

連続殺人ですか、と顔を上げた岸辺に、厳密には違います、と樋口を制した山茂がポケットから取り出した煙草をくわえた。自分が話した方がいい、と思ったようだ。

「連続殺人とは同一犯による犯行を指しますが、四件の事件を精査した結果、犯人はそれぞれ別にいることが判明しています。傷の深さ、位置、角度、凶器や利き腕の違いなど、細かいところで差異があって、ベテランの監察医であれば、そこは簡単に判別できるんです。海や川でバラバラ死体が発見されたことは、四件ともニュースになっていますが、詳細は公表されていません。にもかかわらず、手口が同じというのは……不可解な話です」

どういうことでしょうと質問したわたしに、わかれば苦労しません、と山茂が煙草に火をつけた。

「四人の被害者に関連性や共通点はなく、殺害された場所や時期も違います。警視庁も四件の事件は無関係で、手口が同じなのは偶然だと考えていましたが、宮内が逮捕され、樋口が彼女のバックグラウンドを調べたところ、重要なポイントがわかりましてね」

「何です？」

二十数年前に起きたストーカー事件、そして十年前、その犯人が射殺された事件について、と樋口が自分のタブレットをわたしたちに向けた。携帯灰皿で煙草を消した山茂が、諦めたように腕を組んだ。

「そもそもの発端、経緯、四肢を切断された被害者が拉致されたこと、そして空白の十年間に何があったのか、宮内は徹底的に調べていました」

これは彼女の部屋で発見された資料の一部です、とタブレットの写真を樋口がスワイプしていった。プリントアウトの束、書きかけのメモ、参考資料や書籍類、大量の写真、その他が次々と映し出された。

「犯人が射殺されたこともあり、警視庁は事件の詳細を発表していませんが、宮内には新聞記者やテレビ局報道部記者の友人、知人がいましたから、情報源はあったんでしょう。確認したところ、三年ほど前に宮内が企画を提出していたことを、週刊エクスプレスの編集長が覚えていました。ただ、その後本人が触れなくなったので、企画はたち消えになったということですが」

それがどうしたっていうんです、と日比野が肩をすくめた。

「いや、宮内が約二十年前の事件について調べていたのはわかりますよ。ぼくは心理学の講師ですが、学会に発表するための論文を書く時、あんなふうに資料を揃えます。その辺はライターも似たような作業をするんでしょう。でも、それが彼女の仕事なんですよね？　過去の事件に興味を持ち、調べたというのは、仕事柄当然じゃないですか。週刊エクスプレスで記事にしたかったんでしょう。だけど、裏付けが取れなかったとか、そんな理由で書くのを止《や》めた……よくある話だと思いますけどね」

確かにそうです、と樋口がうなずいた。

「ただし、四人の被害者について改めて調べ直してみると、ひとつだけ共通点があることがわかりました。被害者は男性二名、女性二名、殺害順に私鉄職員、大学生、主婦、飲料メーカーのサラリーマンで、マスコミとは無関係です。何らかの理由で事件に興味を持ち、ネット等で調べた痕跡が残っていましたが、宮内のようにコネがあったわけではないので、詳しく調べることはできなかったようです」

　そうでしょうね、と日比野がつぶやいた。四人ともSNSを通じ、詳しい情報を知っている人はいないかと呼びかけています、と樋口が言った。

「四人が殺されたのは、その呼びかけの約ひと月後でした。その間に、何らかの形でそれぞれの犯人と接触していたのではないか、というのが僕の推測です。彼らのSNSに反応があったこと、四人のうち三人が事件について詳しい人から連絡があったと知人に話しているのがその根拠ですが――」

　推測での発言は控えた方がいい、と山茂が注意した。すいません、と樋口がタブレットに触れた。

「犯人は警察及び関係者しか知らない事実を、ごく一部ですが、四人に供与しています。これは関係者リストですが、確認したところ、少なくともこの十年、どういう形であれ事件のことを他人に話していないことがわかりました。おそらくですが、犯人は事件について、発生直後から調べていたようです。マスコミなのか、事件マニアなのか、そこは不明ですが」

「つまり……四件の未解決事件の犯人も、宮内のように事件のことを調べていた可能性があると？」

　ストーカー犯の心理が感染したということですか、と岸辺が腰を浮かせた。そう考えると説明がつく部分があるのは事実です、と樋口がうなずいた。

山茂がまた新しい煙草に火をつけた。その表情で、不本意なのがわかった。

わたしには強行犯係とコールドケース班の区別もつかないが、役割が違うと言いたいのだろう。素人が出しゃばるな、と言わんばかりの様だったが、口を開くことはなかった。

心理感染について、僕は何も知りません、と樋口が言った。

「宮内の精神鑑定について、立原教授の意見を聞くようにと命じたのは片山八係長で、僕の方から詳しい事情を説明すると、心理感染の可能性があると教授に指摘をされました。レアケースなので、ＬＳの研究生も参加させたいと申し出があったのは、先ほど山茂警部補が話した通りです。僕たちがこちらへ来たのは、そういう経緯があったからです」

樋口がタブレットを閉じた。結論を出せる段階ではないが、と立原教授が顎鬚をこするようにした。

「男性をストーキングし、後に拉致した犯人について、梅本刑事と宮内が詳しく調べていたのは確実だ。その影響によって、二人は特異な心理状態に陥った可能性がある。それが心理感染なのか、そうではないのか、検討してみたい」

立原ＬＳの研究テーマは集団心理のはずです、と日比野がデスクの上で両手を組み合わせた。

「心理感染については、前にも教授が何度か触れていましたが、詳しい話はしてませんよね？　ぼくの専門は心理学で、精神医学のことはわかりませんけど、要するに異常に猟奇的な殺人を犯した者を調べているうちに、犯人の心理が乗り移ったってことでしょう？　そんなこと、あり得ますかね」

君の言う通りだが、と立原教授が尖った鼻梁に触れた。

「パーソントゥーパーソン、個人同士の心理感染は、現象として証明されていない。逆に言えば、証明の必要さえないのかもしれん。心理感染は影響という単語に置換可能で、どんな人間でも他者の影響を受けて自己を形成している。日比野くんだって、それは否定しないだろう」

親兄弟とか友人とか、読んだ本やテレビその他の影響を受けているのは認めます、と日比野がうなずいた。私が定義する心理感染とは、異常に強い影響力を指す、と立原教授が言った。

「特殊な猟奇犯罪に興味を持つ者は、確実に一定数いる。それについて調べる者、研究者もだ。だが、その結果、同じ手口で人を殺す者は非常に稀と言っていい。それが心理感染によるものだとすれば、心理的メカニズムを研究する意味があるだろう」

僕が危惧しているのは、と樋口が立原教授を見つめた。

「約二十年前に起きたストーカー事件に端を発する猟奇犯罪に影響を受けた者が、人を殺している可能性があるということです。心理感染の有無はともかく、ある種の模倣犯という見方もあります。発見されたバラバラ死体は四体ですが、それがすべてとは限りません」もっと多いのかもしれないし、犯人の数も不明です、と樋口が声を低くした。「宮内静江が犯人の心理に感染して、滝本実を殺害したとすれば、その因果関係を解明することで、他の未解決事件の犯人を逮捕できる確率が高くなると考えられます。協力をお願いします」

四件のバラバラ殺人の犯人が宮内だと考えれば話は終わりますよ、とからかうように言った日比野に、むしろその方がいいと思っています、と樋口が真顔で答えた。

「そうであれば、今後事件は起きないでしょうからね。ですが、監察医によれば、四件の殺人事件の犯人はそれぞれ別人です。そして……」

第二の宮内静江が現れる可能性がある、と立原教授が自分の電子タバコを取り出した。

「第二かどうか、それさえわかっていないんだがね……とにかく、警視庁から正式な協力要請があり、大学も私もそれを了解した。今後しばらくの間、梅本刑事と宮内静江を観察し、二人の間に心理的な同調、あるいは結合があるか、それを探っていく。今までとは違い、週に一回集まるという形では対応できないだろう。スケジュールの調整は別に考える。今日のところは以上だ」

わたしたち四人は顔を見合わせ、同時に席を立った。また連絡するという教授の声に促されて、ミーティングルームを出たところで、日比野が振り返った。

「刑事さん、約二十年前のストーカー事件の犯人……射殺された女の名前を教えてもらえませんか？　ニュースサイトの記事には、女性としかありませんでした。調べられることがあるなら、調べておきたいんですが」

雨宮《あまみや》リカです、と山茂が吐き捨てるように言った。かすかに声が震えていた。

5

「大丈夫か？　ゆかっち」

ミーティングルームのドアを閉めた日比野が言った。自分がつけたニックネームで女性を呼ぶのは、日比野の習慣だ。わたしのことは、あーや、と呼ぶ。

ゆかっちと呼ばれるのを、結花子本人は嫌がっていたが、日比野は気づいていなかった。心理学の講師だが、どこか鈍感なところがあった。

はい、と結花子がうなずいたが、顔色は真っ青だった。わたしも気分が悪くなっていた。無理もない、と外に続く長い廊下を歩きながら日比野が薄笑いを浮かべた。

「あんな話を聞かされたら、誰だって嫌になるって。教授も教授だよ、ＬＳとは関係ない話じゃないか。まあ、あの人は前から警察に協力的だったし、立場としてはわからなくもないけど」

医学部精神科棟のエントランスを出たところで、先に戻ります、と小さく頭を下げた結花子が小走りで付属病院へ向かった。ＬＳが長引いたためもあるのだろうが、日比野の無駄に長い話につきあいたくない、と思っているのがわかった。

俺はこれから文理学部に戻らなきゃならない、と日比野がわたしの肩を叩いた。

「岸辺とあーやはいいよな。失敗したよ、やっぱり春日《かすが》教授のＬＳに入っておけばよかった」

日比野が講師を務めているのは、江古田にある文理学部の心理学科で、医学部がある板橋本町キャンパスからだと、徒歩も含めて一時間ほどかかる。通うのが面倒だという愚痴を、毎回のように聞かされていた。

選んだのは自分だろ、と岸辺が笑った。キャリアアップのためには専門外のＬＳに入った方がいい、というのが日比野の持論で、そういう者が多いのは本当だった。

手を振った日比野が、正門の方へ歩いていった。その背中に目をやっていた岸辺が、わたしの肩に手を置いた。

「カウンセリングルームまで送るよ」

さりげなく、わたしは岸辺の手を外した。

「大学の構内では、職員同士って言ったのはあなたじゃない」

そうだけど、と岸辺がわたしの顔を覗き込むようにした。

「二人きりになるチャンスがなかったからね。疲れてるんじゃないか？　お母さんの容態は？」

前より良くなってる、とわたしは歩き出した。そうか、と安心したように岸辺が小さくうなずいた。

母が交通事故に遭ったのは、今年の四月のことだ。居眠り運転をしていた大学生の車が一方通行の道路に突っ込み、撥《は》ねられた母は両足の大腿部を骨折し、六月末まで付属病院のベッドに寝たきりだった。入院していたのは三カ月ほどで、かなり長かった。

今年還暦を迎えた母の骨は、年齢相応に脆くなっていた。回復のスピードは亀の歩みのように遅かった。

わたしが六歳の時、両親は離婚していた。一人っ子のわたしは母と二人暮らしで、頼れる親戚は近くにいない。母の世話をするのは、わたししかいなかった。

七月に入り、母は退院したが、志村坂上の自宅マンションの寝室で、入院していた時と同じように、横になっているだけだった。

公認心理師の資格を取得し、帝光大学付属病院のカウンセリングルームに勤務するようになったのは二年前だ。医師や看護師と関係が深い職場だから、その点では助かったが、退院後、母の世話をするのは想像していた以上に大変だった。

両足の大腿部を骨折すると、一人で立つことはできない。それまで母がしていた家事もすべてわたしがやらなければならなかった。それどころか洗面、トイレ、入浴、その他日常生活すべてに介助が必要だった。

この五カ月、毎朝五時に起きて朝食を作り、母に食べさせ、トイレに付き添った。寝室からトイレまでの数メートルを、支えて歩くだけでもひと苦労だ。

朝食後、洗顔と歯磨きをするのが母の習慣で、洗面台に手をついて歯を磨く母に付き添い、顔を洗った後にタオルで拭くのもわたしの役目だった。

そういう一連のルーティンにつきあい、母のための昼食を用意してから、カウンセリングルームに出勤する。仕事が終わればすぐ帰り、母の夕食、入浴、トイレ、着替えを手伝うのが日課になった。

岸辺との交際が始まったのは、母が事故に遭うひと月ほど前、二月の末だった。帝光大の全学部の入学試験が終わった頃だ。

研修医として都内の病院で働いていた岸辺が最終的に選んだ職場は、母校である帝光大学付属病院で、内科医の枠に空きがあったため、去年の四月に正式採用されていた。

帝光大のカウンセリングルームは付属病院の別棟にあるが、距離としては近い。内科に限らず、付属病院の各科と常に連携を取っているため、気づくと岸辺と話す機会が多くなっていた。

お互いに好意を持っているとわかり、つきあうことになった。立原教授のLSに参加すると決めたのは、岸辺に勧められたことも理由のひとつだった。

交際を始めて約ひと月の間、わたしたちは頻繁に会い、デートを楽しむようになっていたが、母の事故ですべてが変わった。デートどころか、同僚や女友達とお茶を飲む時間さえなくなっていた。

もちろん、岸辺には母の事故について詳しく話したし、彼も理解してくれた。母が一人で歩けるようになるまで、目を離さないで一緒にいた方がいいと言ったのも岸辺だ。

九月のはじめから、母は自宅マンションの近くにあるリハビリ施設に通うようになっていた。少しだけ肩の荷が下りたように思ったが、それ以上の問題が起きた。

リハビリ施設は送迎もしてくれるが、マンションまで母を送り届けた施設のトレーナーが、お母さんには認知症の兆候があるようです、とわたしの耳元で囁いたのだ。

実は、わたしもうっすらとそれに気づいていた。常に何かを捜しているが、何を捜しているのかわからなくなる、時間や曜日の感覚がずれる、料理の味がわからない、人の名前を思い出せなくなる、顔と名前が一致しない、そういう症状が出ていた。

わたしが公認心理師の資格を取り、帝光大のカウンセリングルームで働くようになった時、母は勤めていた会計事務所を辞めていた。内向的で友人も少なかったから、仕事を辞めると人間関係もほとんどなくなった。

交通事故で両足を骨折し、生活のすべてを娘のわたしに頼り、オムツをつけて朝から晩まで過ごし、誰と話すこともない。そんな毎日が母の心を蝕み、認知症という形となって現れたのだろう。

今のところ症状はそれほど酷くない。いわゆるまだらぼけで、たまに混乱することもあったが、時間をかけて説明すれば、それも収まった。だが、今後のことを考えると、不安がないと言えば嘘になる。

「やっぱりあの時、仕事を辞めて母との時間を作った方が良かったのかもしれない」

早足で歩きながら言ったわたしに、そんなことはない、と岸辺が首を振った。

「せっかく公認心理師の資格を取ったんだ。希望していた仕事に就いたんだし、辞めたくないと思うのは当然だよ」

心理学に興味を持ったのは、中学か高校の頃だった。当時人気があったドラマの影響だ。高校の卒業文集に、将来は心理カウンセラーになると書いたことも、はっきり覚えている。

大学進学に際して、帝光大の文理学部を選んだのは、心理学の研究が最も進んでいる私大だと高校の進路指導の教師に教えられたためだった。

大学三年の時、法律が変わり、公認心理師が国家資格として認められることになった。その頃わたしは通信教育でカウンセラーの資格を取っていたし、大手企業への入社も内定していた。

だが、公認心理師は国家資格だ。取得すれば、より広い範囲で仕事をすることが可能になる。それこそがわたしの夢であり、目標だった。

ただし、そのためには大学院へ進まなければならない。大学の庶務課と相談して、内定が決まっていた会社に断わりを入れ、大学院入試の準備を始めたが、運良く学部推薦を取り付けることができたので、大きな問題はなかった。

大学院に入ってからの二年間は、勉強漬けの毎日だった。公認心理師の合格率は約六十パーセントで、決して簡単な試験ではない。

学費こそ免除されていたが、母に負担をかけたくない、という思いもあった。大学院修了後、公認心理師試験に合格したのは二十五歳の時で、そのまま帝光大のカウンセリンググルームに勤務することになった。

目指していた夢はかなったが、現実は甘くなかった。わたしの就職が決まると、母は仕事を辞めた。

父と離婚するまで、母は専業主婦だったという。働くようになったのは、そうする以外わたしを育てることができなかったからだ。

わたしが小さい時からそうだったが、母は他者との関わりを避ける傾向があった。人見知りで内気な性格のためで、職場での人間関係が苦痛だったのは察しがついた。

わたしとしても、母に代わって働くことで、恩返しをしたかった。公認心理師の資格を取得したのも、民間資格のカウンセラーと比べて、収入が高くなることが大きな理由だった。

「でも……結局全部中途半端になってしまった気がする」わたしは歩きながら岸辺の横顔に目をやった。「母のことで、職場の人たちにも気を遣わせているし、仕事やＬＳでも、前向きになれない。母の介護も、どこまでできているのか……それに、あなたには迷惑ばかりかけているし……」

ぼくのことは気にしなくていい、と岸辺が笑みを浮かべた。

「デートこそできないけど、遠距離恋愛ってわけじゃないしね。病院やＬＳで会ったり、時間が合えばランチを一緒に取ることもできる。電話やメール、ＬＩＮＥやビデオ通話だってある。お母さんが元気になるまで、気長に待つさ」

優しい言葉が胸に染みた。岸辺の支えがなかったら、どれだけストレスが溜まったかわからない。

百メートルほど歩くと、カウンセリングルームに着いた。楽しいデートだったよ、と冗談を言った岸辺が、その奥にある付属病院へ向かっていった。

カウンセリングルームのドアの前に立った時、立原研究室にタブレットを忘れてきたことに気づいた。母のぼけが伝染《うつ》ったのだろうかと苦笑して、来た道を急いで戻った。

6

精神科棟のエントランスから長い廊下を半ば駆け足で進むと、二人の刑事がドアの前で頭を下げていた。すいません、とわたしは声をかけた。

「立原教授、白崎です。忘れ物を――」

これだろ、とドアから顔を出した立原教授がタブレットを差し出した。

「ありがとうございます。つい忘れてしまって……」

気にすることはない、と立原教授が顎髭を撫でた。

「誰だって忘れ物ぐらいする。後で届けようと思っていたが、手間が省けて助かった」

ではまた、と二人の刑事に言った立原教授がドアを閉めた。ユニークな方ですね、と山茂が言った。

「他の精神科医とは違って、話しやすくて助かります。外見もそうですが、心が若いってことなんですかね。独身だからかな？」

そうかもしれませんと言ったわたしの隣で、警部補は本庁に戻るんですか、と樋口が聞いた。

どうするかな、と時計を見ようとした山茂の背広の内ポケットで、スマホの着信音が鳴った。

顔をしかめた山茂がその場で足を止め、取り出したスマホを耳に当てた。行きましょう、と樋口がわたしの肩を押した。

部外者に電話の内容を聞かれたくない、ということなのだろう。刑事としては、当然の配慮かもしれなかった。

今後、僕が立原ＬＳを担当します、と樋口が前を歩きながら言った。

「皆さんの協力が必要になります。よろしくお願いします」

できることはしたいと思いますが、とわたしは言った。

「協力というのは、具体的に何を指しているんですか？」

ＬＳの研究生を参加させたいと提案したのは立原教授です、と樋口が微笑んだ。

「今回の件で、何を皆さんに協力させようと考えているのか、僕にもわかりません。おそらくですが、精神科医ではない立場にある人の意見を聞きたい、ということだと思います。心理感染は学問として体系化されていないということですが、だからこそさまざまな意見が欲しいと考えているんじゃないでしょうか」

「そうかもしれません」

僕個人は白崎さんに協力してほしいと思っています、と樋口が言った。

「山茂警部補も言ってましたが、立原教授は話しやすい方ですし、警察に対し非常に協力的だということです。僕もそう思いますが、どうしても話の中に専門用語が入ってきます。いちいちかみ砕いて教えてくれることはありません」

「それは――」

仕方ありません、と樋口がうなずいた。

「警察への協力とは別問題ですからね。刑事に精神医学を基礎から教えるわけにもいかないでしょう。それは構わないんですが、理解できないまま話が進んでいくと、僕たちも困ります。かといって、質問ばかりしていたら、時間がいくらあっても足りません。白崎さんに協力してほしいのは、不明なことがあれば教えてもらいたい、ということなんです。内科医の岸辺さんや看護師の羽島さんより、公認心理師のあなたの方が心理学について詳しいと立原教授に伺いました」

そうかもしれません、とうなずいて足を速めた。樋口は背が高く、歩幅も大きい。百六十センチないわたしは、後を追うような形になっていた。

「あの……山茂さんは今回の件について、あまり積極的ではないように感じました。何か理由があるんですか？」

そんなことはありません、と足を止めた樋口がわたしを見つめた。

「のんびりした顔をしていますが、仕事熱心な人です。滝本殺しで現場の指揮を執っているのも警部補です。どうして、そんなふうに思ったんですか？」

声です、とわたしは答えた。

「明るい声で話していましたが、その奥に不安のようなものがある気がしました。終始笑みを浮かべていましたけど、それもどこかぎこちない感じで……仕事として、義務として来ているけれど、決して前向きではない……そんな印象があります」

「公認心理師は読心術も学んでるんですか？」樋口がエントランスに向かった。まさか、とわたしは首を振った。公認心理師に、そんな能力はない。

エントランスを出たところで、寒くなってきましたね、と樋口がトレンチコートの襟を合わせた。

「どう言えばいいのか……山茂警部補に限らず、本庁の刑事は誰も雨宮リカ事件について触れようとしません。あの事件は終わったことになっているんです」

「樋口さんにとってもですか？」

僕は違います、と樋口が笑った。白い歯が覗くと、精悍な表情が少し柔らかくなった。

「二十五歳の時、所轄署から本庁に引っ張られました。支店にいた平社員が本店勤務を命じられたと言えば、ニュアンスは伝わるでしょうか」

自慢に聞こえるかもしれませんが、大抜擢ですと樋口がまた微笑んだ。優しい人柄が伝わってくるような笑みだった。

「ですが、それはそれで辛《つら》いところもあるんです。警察は完全な縦社会ですから、上の命令には従わなければなりません。こっちは新人に毛が生えたようなものですから、ミスもあります。どれだけ怒られたかわかりませんが、かばってくれた先輩刑事がいました。それが梅本さんと青木さんです」

「……そうだったんですか」

研究室のミーティングルームで、事件について詳しく説明したのは樋口だった。年齢も階級も上の山茂を差し置いて話を進めているのが不思議だったが、雨宮リカに対する強い憎しみがあるのだろう。

モニターで見た梅本刑事は、明らかに心が壊れていた。青木刑事は懲戒免職処分を受けたという。二人を尊敬していた樋口にとって、それは辛い現実だったに違いない。

「あの二人のために、必ず決着をつける。そう思っています」

どういう意味ですか、とわたしは尋ねた。吐いた息が白くなった。

「青木刑事が雨宮リカを射殺した、と樋口さんは言ってましたよね？　心理感染の有無は別として、宮内静江が何らかの形でリカの影響を受けていた可能性はあると思います。でも、だから男性を殺したというのは……死んだ者がそこまで強い影響力を持つことは考えられません」

しばらく沈黙が続いた。視線を外した樋口が、学校の怪談ってありますよねと言った。

「トイレの花子さんとか、誰もいない音楽室でピアノが鳴るとか、そういう話ですか？」

警察にも怪談があるんです、と樋口がうなずいた。

「死が身近な職場です。幽霊を見たとか、そんな話は腐るほど聞かされました。実際、奇妙な、あるいは不可解な事件も少なくないんです。そのひとつに、雨宮リカの怪談があります」

「雨宮リカの……？」

梅本刑事を救出するため、青木刑事は発砲しました、と樋口が右手の親指と人差し指だけを立ててわたしに向けた。

「彼女はリカの体に十二発の弾丸を撃ち込んでいます。そのうち六発は頭部です。現場に駆けつけた警察官、救急隊員、誰もがリカは死んだと考えました。十二発の弾丸を食らって死ななかったら、もうそれは人間じゃありませんからね」

現場が混乱していたのは事実です、と樋口が落ち着いた声で話を続けた。

「死亡確認は医師の仕事で、警察官にはできません。それは救急隊員も同じです。あの現場で、リカの死を確認した者はいませんでした。繰り返しになりますが、その必要はないと誰もが思っていたからです」

当然でしょうと言ったわたしに、事態を混乱させた要因がもうひとつありました、と樋口が両手に息を吹きかけた。

「リカが潜んでいた大久保のアパートの冷凍庫と浴室から、女性の死体が見つかったんです。冷凍庫内の死体は両腕、頭部のみで、死後一年以上経過していたことが後に判明しています。ですが、浴室の死体は死後一日も経っていませんでした。刺殺されていたんです」

意味がわかりません、とわたしは首を振った。説明します、と樋口が指を曲げた。

「二台の救急車が、リカを含めた三体の死体を大久保中央病院に搬送したのは、記録も残っています。最初の一台がリカを、次の一台が他の二体を運びましたが、使用した道路が違ったため、二台目の救急車が先に病院に到着しました。病院側はその救急車内にあった刺殺死体をリカと考えたんです」

「……そう思い込んだと？」

刑事が犯人を殺害するというのは、白崎さんが思っているより重大な問題なんです、と樋口が言った。

「不祥事と言っていいでしょう。そのため、大久保中央病院の医師、看護師のほとんどが、その対応に追われました。数分後、一台目の救急車が到着した時、リカをＥＲに運び入れたのは同乗していた救急隊員と二名の看護師だけで、彼らはそのまま刺殺された女性の検死を始めていた手術室に行き、その死体はリカではないと救急隊員が伝え、ＥＲに戻ると……リカが消えていたんです」

待ってください、とわたしはこめかみを押さえた。鈍い痛みが頭の中で広がっていた。

「全身に十二発の弾丸を浴びたのであれば、出血多量で死亡したと考えるのが常識でしょう。頭部を六発も撃たれたら、脳機能の損傷は免れません。仮に心肺機能が停止していなくても、動くことはできなかったはずです」

だから怪談なんです、と樋口が整った顔に苦笑いを浮かべた。脅かさないでください、とわたしはため息をついた。

「ただ、その後不可解な事件が起きています」樋口が唇をすぼめた。「大久保中央病院で検死を担当した医師が、その二日後、検死報告書を含め大量のカルテを持ち出し、行方不明になったんです。理由は今も不明ですが、五十代のベテラン医師で、過去にトラブルを起こしたことは一度もありません。ですが、検死をした日の夜から様子が変だったと病院関係者の多くが証言しています。その中には誰かに脅迫されていたようだったと話す者もいました。コールドケース班の中には、リカが生きていて、病院から逃げた後、何らかの手段で医師を脅し、検死報告書やカルテを盗ませた後に殺害した、という意見を持つ者もいるんです」

でも、と言ったわたしに、わかりますよ、と樋口がうなずいた。

「リカが死ななかったはずはありません。ただ……現場にいた警察官、救急隊員、病院の医師、その関係者の誰もリカの死亡を確認していないこと、リカの死体が消えていることは確かです。検死報告書とカルテがないので、それ以上調べることができなくて……山茂警部補、ここです」

スマホを手にした山茂が駆け寄ってきた。

「すまん、片山係長の話が長くてね……本庁に戻って、報告しろとさ。とりあえず駅まで出よう」

失礼、と軽く頭を下げた山茂が、その場を離れていった。無言のまま、樋口がその後に続いた。

去っていく二人の背中に、わたしは目をやった。いつの間にか陽が沈み、辺りが暗くなっていた。

Heart 2
セッション

1

こんにちは、とほとんど聞き取れないほど低い声で若い男が言った。

座ってくださいと椅子を勧めると、カウンセリングルームの中央にある小さなテーブルの前に、男が腰を下ろした。

カウンセリングルームは十坪ほどの広さだ。出入り口のドアから入ると、右側に外通路に面した小さな窓があり、正面は公認心理師席、通称セラピストデスク、左側の壁は資料棚になっている。

男が座ったのは背のない丸椅子で、わたしはその右隣に腰掛けた。テーブルにはA4サイズのスケッチブックとサインペンを置いていた。

そのまま、わたしたちは言葉を交わさなかった。男はやや俯《うつむ》き加減で、手はテーブルの下、目線は落ち着きなく左右に動いている。

わたしは両手をテーブルの上に出していたが、緊張させないため、意図的に男から視線を外すようにしていた。

狭いとは言えないが、広いとも言えない空間の中で、クライアントと会話もないまま向かい合っているのは、決して簡単ではない。苦痛を感じることさえあった。

一分が十分に、十分が一時間に感じられる。それでも沈黙に耐えなければならないのが、わたしたちの仕事だった。

三十三分が経過した時、男がゆっくりとサインペンを取り上げ、スケッチブックの最初のページに一本の線を引いた。

前回のセッション、いわゆるカウンセリング終了時に、次回は絵を描いてもらいますと伝えていたが、男がそれを覚えていたのは、入室した時にスケッチブックを見た時点でわかっていた。

何のために、という説明はしていなかったが、まず紙を縦線で二つに区切り、思い浮かんだ風景を描くこと、という指示を出していた。

男が引いた線の位置は、極端に右に寄っていた。空間の比率は九対一ほどだろうか。それから十分ほどかけて、大きな余白のある左側に、丁寧な手つきで細々と絵を描き込んでいった。

川といえば川、山といえば山、家といえば家、石といえば石、花といえば花、人といえば人、どうとでも取れる絵だ。

その間も、わたしは無言でいた。紙の上部に空と太陽を描き終えたところで、男がサインペンを置いた。

わたしはデスクに用意していた二十四色のクレヨンケースを渡し、色をつけてくださいと言った。

「何色使っても構いませんし、きれいに塗る必要もありません。思った色を当てはめる、という感じでしょうか」

ここは空です、と紙の上を指さした男が青のクレヨンを手に取り、慎重に塗り始めた。椅子を後ろにずらし、セラピストデスクに戻ろうとした時、視線を感じた。

顔を向けると、背の高い男が小さな窓からわたしを見ていた。目が合うと、微笑んだ樋口が手を軽く振った。

コーヒーカップにミルクを注いだ樋口が、二つ折りにしていた紙を開いて、僅かに首を傾げた。三十分前、クライアントの若い男が描いた絵のカラーコピーだ。

わたしたちは帝光大付属病院のカフェテリアにいた。金曜の午後三時、席はほとんど埋まっていた。半分は医大生、半分は入院患者とその見舞い客だ。

昨日の夜、立原教授からLS研究生四人のグループLINEに連絡があった。十三日の午後四時から、宮内静江の診断面接を大学の付属病院精神科病棟で行なうので、全員出席すること、と記されていた。

その件で立原教授と会っていました、と樋口が尖った顎を撫でた。不精髭を剃っているためか、昨日より若く見えた。三十五歳だというが、二十代後半でも通るかもしれない。

「現在、警察が重要視しているのは、梅本刑事と宮内静江の精神状態です。二人に共通しているのは、雨宮リカについて詳しく調べていたことで、もしリカの心理が二人に感染していたと証明できれば、他の未解決事件に繋がる線が見えてくるかもしれません。そのためには、宮内の精神状態の把握が急務だ、というのが警察の考えです」

「わかります」

「昨日の夜、立原教授にそれを伝えると、早い方がいいだろうと……その後セッティングを進めて、今日診断面接を行なうと決めたのも教授です。こちらとしては非常にありがたいんですが、正直なところ急過ぎて……僕たちは素人ですから、診断面接について何も知識がありません。そのため、事前にレクチャーを受けていました。診断面接というのは、患者のパーソナルデータ収集を目的に行なわれるそうですね」

公認心理師と精神科医は、共に人間の心を扱うが、役割はまったく違う。ただ、診断面接については立ち会った経験があった。

通常の患者でも、一度や二度では終わらない。宮内のような特殊な状態にある者だと、十回ないし二十回程度話を聞く必要があるはずだった。

教授の説明が終わったのは三十分ほど前です、と樋口が腕時計に目をやった。

「二時半頃だったかな？　診断面接は四時からで、どうやって時間を潰そうかと思っていたんですが、白崎さんの勤務が三時に終わると聞いて、カウンセリングルームにお邪魔したわけです」

うなずいたわたしに、素人の質問で申し訳ないんですが、と樋口が切れ長の目を向けた。

「窓があるのは普通なんですか？　外の通路から中が見えますが、患者さんのプライバシー保護の問題は？」

　彼は患者ではありません、とわたしはミルクティーをスプーンで掻き混ぜた。

「クライアント、とわたしたちは呼んでいます。プライバシー保護の配慮はしていますが、閉塞した空間はプレッシャーを与えるので、窓をつけています。それに、樋口さんがいた通路は部外者立ち入り禁止なんです」

　気がつきませんでした、と樋口が肩をすくめた。

「勝手に入ってすみません……もうひとつ質問なんですが、公認心理師というのは、カウンセラーのことですか？」

　違います、とわたしは首を振った。

「心理カウンセラー、セラピスト、臨床心理士、その他を総称して、一般的にカウンセラーと呼びますけど、すべて民間資格です。半年通信教育を受けただけで、カウンセラーと名乗ることもできますが、それに対し、公認心理師は国家資格です。必要な条件を満たしていなければ、受験資格さえ与えられません。それだけ高度な知識、経験が要求される仕事なんです」

　面白そうですね、と樋口がカラーコピーに目を向けた。

「この絵から何かわかるんですか？　マザコンだとか、性的な嗜好とか……？」

はっきりしたことは何も、とわたしはミルクティーをひと口飲んだ。

今日のセッションでクライアントに対して行なったのは、風景構成法といって、精神科医も使う手法のひとつだ。

公認心理師は医師ではないので、診断や治療はできない。風景構成法を使ったのは、クライアントの精神状態を観察するための手段に過ぎなかった。

今日のクライアントは、今年の四月、帝光大経済学部に入学した地方出身の一年生で、六月頃から授業に出席しなくなっていた。いわゆる大学生の引きこもりだ。

十年ほど前から、帝光大は学生のメンタルケアに力を入れるようになっていた。無視できないほど、不登校の学生の数が増えていたためだ。どこも事情は同じで、ケアセンターを設置する大学は年々多くなっている。

帝光大は日本最大規模の大学で、学生の総数も一、二を争うほどだ。母数が大きいので、不登校者も比例して多くなる。

そのほとんどが何らかの形で精神を病んでいたし、最悪の場合、自殺することもあった。その対策として、帝光大がカウンセリングルームを開いたのは八年前だった。

「この絵をどう解釈するんですか？」

分析と言うべきでしょうか、と樋口が首を傾げた。推量が一番近いと思います、とわたしはカラーコピーを指さした。

彼が引いた一本の線は、通常ではあり得ないほど右に寄っていた。心理学では、一般に左側を過去、右側を未来と考える。

右の余白が狭ければ狭いほど、クライアントが未来について考えていないことがわかる。考えることができなくなっている、という表現の方が正確かもしれない。

彼は左側、つまり過去についてはさまざまな絵を描いていたが、右側は真っ白だった。色を塗るように指示しても、手をつけようとさえしなかった。

それは潜在的な自殺願望の表れで、衝動的に自殺を図る可能性がある、とわたしは判断していた。

あえてわかりやすく言えば、公認心理師の仕事は、クライアントの精神状態を見極めることだ。多少、鬱傾向が強いというレベルなら、セッションを継続することで状態が好転することもある。

だが、このクライアントは違った。心療内科、あるいは精神科で、早急に診察を受けるべきだろう。

ただし、これはクライアントのプライバシーに関わることなので、樋口に詳しい事情を話すことはできなかった。絵を見せたのも、クライアントの了解があったからだ。

立原教授と話したんですが、と樋口が顔を上げた。

「宮内静江に雨宮リカの心理が感染した、と考えているそうです。白崎さんはどう思いますか？」

立原ＬＳの研究テーマは集団心理です、とわたしはティーカップをテーブルに置いた。

「心理感染については、ＬＳでの講義の際、雑談というか、余談として立原教授が話してくれた程度で、わたしを含めた研究生も、詳しいわけではありません。以前から、先生が個人的に心理感染の研究を進めていたのは知っていますが、ＬＳでは特に……ただ、心理とはイコール情報だという先生の理論はわかっているつもりです。例えばインターネットのフェイクニュースによって、大勢の人が惑わされることがありますよね？　集団心理発生のメカニズムのひとつですが、それを個人同士の心理感染に当てはめていいのか、何とも言えません」

しばらく黙っていた樋口が、梅本刑事は雨宮リカについて、誰よりも深く調べていました、と言った。

「僕が本庁のコールドケース班に配属されたのは、ちょうど十年前です。その八カ月後、雨宮リカが監禁していた男性の死体が発見されたことで、事件の再捜査が始まったんですが、それまでは梅本の下についていました。コールドケース班は未解決事件の継続捜査を担当する部署なので、その性格上、いくつもの事件を並行して扱います」

梅本、と呼び捨てにしたのは、同じ部署で働いていた先輩刑事という以上に、樋口にとって強い思い入れがある人物だからだろう。

他の強行犯係の刑事とは違って、今日起きた事件の犯人を明日までに逮捕しなければならない、という部署ではないんです、と樋口が苦笑した。

「ですが、十年前、二十年前の事件を洗い直し、新しい証拠や証言者を探すのは、時間がかかる作業です。地道な努力と忍耐力が必要で、ストレスの溜まりやすい部署でもあります。未解決事件は数え切れないほどあるので、いくら時間があっても足りません。それでも梅本は時間を作って、雨宮リカのことを調べ続けていたんです」

「菅原さん……でしたっけ？　あの刑事さんの精神を崩壊させた雨宮リカを、強く憎んでいたためですか？」

そうだと思います、と樋口がうなずいた。

「ただ、その憎悪が強すぎたのかもしれません。山茂警部補もそうですが、雨宮リカ事件について詳しい刑事たちの中には、梅本がリカと同化してしまった、と考えている者も少なくないんです」

「同化……」

何年もリカのことを調べ、リカについて考え続けた結果、今のような状態になってしまったという意味です、と樋口が言った。

「宮内もそうだったのではないか、というのが立原教授の意見です」宮内はフリーライターとして、雨宮リカ事件に興味を持ち、調べていたことがわかっています、と樋口が話を続けた。「有能なライターだったそうですが、梅本とは違うアプローチで、雨宮リカの実像に迫っていた。でも、どこかで一線を越えてしまった……オカルト的な言い方をすれば、憑依《ひょうい》されたということかもしれません」

言いたいことはわかります、とわたしはぬるくなったミルクティーに口をつけた。

「でも、憑依という言葉には違和感があります。強い影響を受けた可能性はあるかもしれませんが……」

しばらく無言でいた樋口が、これは個人的な意見ですが、と低いトーンで言った。

「滝本実殺害事件は、宮内静江の逮捕によって、ある意味で終わっています。本人は犯行そのものを否定していますが、滝本の死体を遺棄していたことは警察官が目撃し、現行犯で逮捕しているんです。その後の調べで、滝本の自宅に宮内が侵入していたことも判明していますし、DNAその他物的証拠も揃っています。僕のような素人でも、宮内の精神状態が不安定なのはわかりますから、裁判でどういう判決が出るのか、それは何とも言えません。ですが、警察にとって事件は終わったも同じなんです」

「でも……樋口さんが昨日言っていたように、過去に起きた四件の未解決殺人事件との関連性については、何もわかっていませんよね？　その意味では——」

終わっていません、と樋口がグラスの水を飲んだ。

「殺害された四人の被害者には、雨宮リカ事件に興味を持ち、調べていたという共通点があります。そして、事件に詳しい人物と接点を持っていた痕跡も残っています。僕も含め、コールドケース班は、その人物が雨宮リカについて、そして彼女が関係していると考えられる事件について、非常に深く、詳しく調べていたと想定しています。立原教授はその人物が梅本、そして宮内と同じようにリカの心理に感染したと考えているようです」

そうかもしれません、とわたしはうなずいたが、納得できないこともあった。わかりますよ、と樋口がグラスを置いた。

「四件のバラバラ殺人は、被害者が自宅で殺されていたこと、刺殺であること、死体を浴室で解体していること、海または川に死体のパーツを遺棄していること、その他手口はほぼ同じです。ただし、科学捜査によって、犯人はそれぞれ別にいることが立証されています」

「そう言ってましたね」

リカの心理に感染した者が四人いた、というところまではいいとしましょう、と樋口が言った。

「ですが、梅本や宮内のように、リカと自分を同一化するためには、限りなくリカの実像に迫っていなければなりません。梅本は刑事でしたから、雨宮リカ事件の資料を自由に見ることができました。宮内はフリーライターという立場から、取材によってリカのことを掘り下げて調べることが可能だったと考えられます。ですが、そんな人間が他に四人もいるとは思えません。どう考えるべきなのか……また、四人を殺害した動機も不明です。警視庁の公式見解では、リカは死亡したことになっていますが、コールドケース班の中には、リカが今も生きていて、自分のことを調べようとする者を殺している、という意見を持つ者もいるんです」

樋口さんはどう思っているんですか、とわたしは尋ねた。

「雨宮リカは生きているのか、死んだのか……気になって調べてみたんですが、頭部に被弾しても死ななかった者は、決して少なくありません。ヘッドショットと呼ぶそうですが、統計的には五パーセント前後が死の淵から生還しています。最近で言えば、マララ・ユスフザイが有名でしょう」

二〇一四年、ノーベル平和賞を受賞したマララ・ユスフザイはパキスタン出身の女性で、十一歳の時に女性への教育を訴えるなど人権運動を始めたが、その三年後にタリバン勢力の銃弾を浴び、その一発は彼女の頭蓋骨を貫通した上で、脊椎まで達していた。

弾丸は外科手術によって摘出されたが、脳は腫れ、感染症の兆候もあり、医師たちもマラは死亡するだろうと考えたが、奇跡的に回復、二年後にはノーベル平和賞を受賞、二〇一七年には国連平和大使に任命されるなど、現在も人権運動家として活躍している。

あるいは、一九九九年四月に起きたコロンバイン高校銃乱射事件では、ショットガンの銃弾を頭部に受け、脳を貫通したにもかかわらず、奇跡の生還を果たしたパトリック・アイルランドという少年もいる。極端な例だが、誤射によって頭の半分を失ったにもかかわらず、死ななかった者もいた。

リカは頭部を六発の銃弾で撃たれたというが、全弾が脳を傷つけたかどうかは不明だ。六発すべてが貫通していたとしても、呼吸を司る延髄、中枢神経系を構成する脳幹が無事であれば、死を免れたとしても不思議ではない。

それは僕も調べました、と樋口がため息をついた。

「リカが生きていて、現場から混乱に紛れて逃げた可能性はある、と思っています。非常に低いでしょうが、ゼロとは言えません。ただ、四件の未解決事件において、すべての犯人がリカだ、ということはあり得ません。さっきも言いましたが、犯人は四人いるんです」

「四人……」

仮に一人がリカだったとしても、他に三人います、と樋口が指を三本立てた。

「その三人がいつから、どうやってリカのことを調べたのか……リカの心理に感染するほど細部にわたって調べるというのは、よほどしっかりした情報源があったか、取材力の持ち主ということになりますが、そんな人間が三人もいたとは思えません」

あるとすればマスコミ関係者でしょうか、とわたしは言った。

「新聞記者、テレビ局の報道部員、雑誌の編集者、作家やノンフィクションライター……そういう仕事をしている人なら、取材のノウハウもありますよね」

他にも考えられることはあります、と樋口が長い指で鼻の頭を掻いた。

「白崎さんが思っているより、世の中には警察マニア、犯罪マニアが多いんです。一種のオタクですから、一度興味を持てば、どこまでも深く掘り下げて調べるでしょう。彼らにはインターネットという武器があり、その使い方も熟知していますからね。ですが……」

昨日帰宅してから、わたしは雨宮リカ事件についてネットで検索した。岸辺たちも同じことをしていたはずだ。

約二十年前のストーカー事件、十年前の犯人逮捕と射殺について、新聞社のニュースサイトに記事が残っていた。ただ、雨宮リカに関する詳報はなかった。

二十代後半の女性看護師、という記載こそあったが、未確認の情報に過ぎない。とはいえ、検索ワードの変更や、その他の方法によって、詳しく調べることは可能かもしれなかった。

だが、ネットで探すことのできる情報は、基本的に伝聞だし、誤ったものも少なくない。事実誤認、噂、デマ、作り話、そんなものを繋ぎ合わせても、リカの心理に感染するはずがなかった。説得力のない情報に、そんな力はない。

そこまで深く雨宮リカについて詳しく調べることができた者は、限られるでしょう、と樋口が低い声で言った。

「ただ、これはリカの心理が犯人に感染した、という仮定を前提にした上での判断で、前提そのものが間違っていたら、どうにもなりません。そのためにも、宮内の精神状態を把握し、リカからの心理感染の有無を確認することが重要になります」

雨宮リカについて最も詳しい情報を握っているのは、やはり警察関係者だと思います、とわたしは言った。

「梅本刑事がそうだったように……警察はどこまで調べているんですか？」

警察もすべての正確な情報を摑んでいるわけではないんです、と樋口が前髪を掻き上げた。

「ただ、判明している事実はあります」

「例えば？」

雨宮リカというのは本名です、と樋口が宙に字を書いた。

「表記は漢字で、梨の花と書いてリカと読みます。これは戸籍で確認が取れています。父親は麻布でクリニックを開いていた外科医、母親は専業主婦、そしてリカには妹がいました。リカの母方の祖父も医師で、実家はかなり裕福だったようです。広尾の大きな洋館で、リカは生まれ育ったんです」

「それで？」

「彼女が中学生の時、父親はひき逃げ事故のため亡くなっています」

夫の死後、母親は妹を連れて家を出ました、と樋口がグラスに残っていた水を一気に飲んだ。

「入会していた新興宗教の寮で暮らすという置き手紙が残っていましたが、非常に閉鎖的な教団だったため、それ以降のことは不明です。リカは母方の遠縁の家に引き取られ、高校を卒業後、青美《せいび》看護学校に入学しました」

「青美看護学校？　聞いたことがありません」

二十五年前、廃校になっています、と樋口が口元を曲げた。

「校内の講堂で火災が起き、中にいた百人以上の生徒が焼死するという事件が起きたんです。そのために経営母体が手を引き、青美看護学校は廃校になりました」

雨宮リカの足跡を辿っていくと、不可解な、あるいは不審な事件がいくつも起きているのがわかります、と樋口が天井を見上げた。

「リカを引き取った遠縁の家ですが、その家族も死亡していますし、勤務していた中野区の私立病院の副院長の頭部のない死体が、海で発見されています。他にもあるんですが……そろそろ時間です。行きましょう」

壁の時計に目をやると、三時五十分になっていた。わたしは席を立ち、カフェテリアの外に出た。

3

立原研究室のミーティングルームに入ると、他の三人の研究生がそれぞれの席でノートパソコンのモニターに目を向けていた。

遅いぞ、あーや、と日比野が片目をつぶった。

「キャフェテリアで刑事と話してただろ？　ナンパでもされてたのか？」

無神経な発言をするのは、いつものことだった。キャフェテリア、と少し鼻にかかった発音で言うのも、何かこだわりがあるらしい。女子受けが悪いのも、仕方ないだろう。

わたしは結花子の隣に座り、自分のノートパソコンを開いた。診察室のベッドに、直接腰掛けている宮内静江の姿がそこにあった。

両足をぶらぶらさせているその様子は、遊び相手を待っている小学生のようだった。かすかにだが、顔に笑みが浮かんでいた。

その横に立っていた制服警察官が、素早く敬礼した。画面に映り込んできたのは樋口刑事、そして立原教授だった。

樋口の指示で、警察官が宮内の手錠を外した。危険はない、と判断したのだろう。

こちらに座ってください、という立原教授の声がスピーカーから聞こえた。うなずいた宮内がベッドから下り、診察室中央の椅子に腰を下ろした。樋口が一歩後ろに下がって、二人の様子を見ていた。

名前を教えてください、とデスクを挟んで向かい側に座った立原教授が小さなメモ帳とボールペンをジャケットの内ポケットから取り出した。ペットボトルの水以外、デスクの上には何もなかった。

「宮内静江です」

「年齢は？」

「二十八歳です」

「お仕事は何を？」

「フリーライターです。雑誌に記事を書いています」

二十八歳って、と日比野が首を傾げた。

「この女は三十三歳だろ？」

昨日の刑事はそう言ってたな、と岸辺がうなずいた。どういうことなのかよくわからないまま、わたしたちは画面を見つめた。

立原教授の表情に変化はなかった。リラックスした様子で、質問を続けている。質問というより、世間話のトーンに近かった。

「体調はいかがです？　よく眠れていますか？」

はい、と宮内がうなずいた。

「やっぱり、たまには休まないといけないんだなって、自分でもよくわかりました。あの、フリーライターって、すごく不規則な仕事なんですね。特に週刊誌で記事を書いてると、いつ、何があるかわからないじゃないですか。リラックスできませんし、食事もなかなか……」

「そうでしょうね」

貧血で倒れてしまって、皆さんにご迷惑をおかけしたことは、本当に反省しています、と宮内が頭を下げた。

「ただ、仕事は好きですし、辞めるつもりはありません。先生がおっしゃっているのは、少しセーブした方がいいってことですよね？　もちろん、そのつもりです。しばらく休んで、体調も考えながら、今後は仕事をしていきたいと思っています」

この女は何を言ってるんだ、と岸辺が眉間に皺を寄せた。

「立原教授を医師と認識しているのは間違いない。今いるのが診察室だということも、わかっているんだろう。だが、貧血で倒れたためだと考えているようだ……記憶が欠落しているのか？」

欠落というより変容だな、と日比野が言った。

「自分が何をしたか、覚えていないというのではなく、もっと積極的に記憶を書き換えている。心理学でいうリプレイス、記憶のすり替え現象が起きているんだ」

「本人が意図してのことですか？」

わたしの問いに、無意識だと思う、と日比野が首を捻った。

「精神科医的には、心神喪失ってことになるんじゃないかな。その判断は立原教授が下すだろうけど、常識的には、そうとしか考えられない」

解離性健忘かもしれません、とわたしは言った。

「滝本実を殺害し、死体をバラバラにして捨てた記憶は、彼女にとって大きなストレスとなっているはずです。限度を超える精神的苦痛があれば、その感情を切り離すこともあり得るのでは？」

いずれにしても何らかの精神疾患があるんだろうと言った岸辺に、本当にそうでしょうか、と結花子が細い首を傾げた。

「日比野さんは無意識と言いましたけど、わたしは意図的なものを感じます……詐病では？」

「記憶の欠落を装ってると？」そうは見えない、と日比野が首を振った。「大女優だって、あんな自然な受け答えはできないよ。岸辺もそう思うだろ？　人殺しがあんな風に笑って話せるはずがない」

結花子が苦笑を浮かべた。わかっていない、と言いたいのだろう。それはわたしも同じだった。

日比野は優秀な成績で大学を卒業した後、アメリカの大学院に留学している。心理学という学問についての知識は豊富だし、能力も高いが、リアルな人間の感情については、鈍感なところがあった。

講師を務めているクラスで、教えている女子学生に対し、セクハラ発言を繰り返していると聞いたことも、一度や二度ではなかった。悪気がないのはわかるが、それで通る時代ではないし、許せないと思う女性も少なくないだろう。

宮内静江が詐病だとは、わたしも思っていなかった。ただ、日比野とは前提が違った。女性は誰でもそうだが、自分の望む役柄を演じることができる。上手い、下手はあっても潜在的な能力はすべての女性に備わっている。

決して特殊な力ではない。意図的に、あるいは無意識のうちに、宮内はその能力を使っているだけなのだが、日比野にはそれがわからないようだった。

あたしは病気なんですか、と宮内が明るい声で尋ねた。

「もともと貧血気味でしたし、前にも体調を崩したことがあります。でも、今回は入院の必要があるって、先生は言ってましたよね？　それは初めてで、ちょっと不安っていうか……」

そのための診察ですと立原教授が答えると、はっきりしないと困るんです、と宮内が笑みを引っ込めた。

「週刊誌で記事を書いているのは、さっきも言いましたよね？　毎週締め切りがあるんです。そういう仕事なんです。もちろん、病気であれば休めますし、編集部の人たちはみんな優しいから、フォローしてくれるのもわかってます。でも、だからこそ迷惑をかけるわけにはいかない……倒れたのは、やっぱり何か原因があるんですよね？　病気だとしたら、はっきり言ってほしいんです」

　私はマスコミのことをよく知りませんが、と立原教授が顎髭に触れた。

「フリーライターというのは、立場として不安定なのではありませんか？」

　そういうところはあると思います、と宮内が言った。

「あたしの親も、そんなことを言います。親って、そうじゃないですか。大きな会社に入って、正社員として働いた方がいいって言うのは、よくわかります。だけど、そんなに不安定なわけでもないんです。あたしは週刊エクスプレスと年間契約を結んでいますから、収入もそれなりにありますし」

「仕事上のストレスはありませんか？」

「特には感じません」

「人間関係はどうです？」

　それは、と宮内がため息をついた。

「週刊エクスプレス編集部には、二十人……三十人ぐらいの編集者がいるんです。あたしみたいなライターとか、デザイナー、カメラマン、その他スタッフを合わせると、百人以上かも……そうしたら、どうしても好き嫌いはありますよね。苦手なタイプの編集者と組むこともあるし、それがストレスと言われたら、そうかもしれませんけど、でもそんなのはどこの会社だって同じでしょう？」

「親しい人はいますか？　仕事だけではなく、プライベートでの友人も含めてです。定期的に食事に行くとか……」

もちろんいます、と宮内が肩の辺りまである長い髪に触れた。腰を浮かせたわたしに、どうした、と岸辺が視線を向けた。

「宮内が……髪の毛を抜いています」

まさか、と日比野がパソコンの画面に指を当てて拡大した。まずい、と岸辺がミーティングルームを飛び出していったが、その間も立原教授の質問が続いていた。

「それでは、肌が合わない人はどうです？　生理的に受け付けないとか、苦手な人、はっきり言えば嫌いな人、という意味です。今、ここにいるのは私たちだけですから、本心を話しても問題ありませんよ」

いなくはありません、と宮内が両手で髪の毛を束ねて摑んだ。

「何度も言わせないで編集部には百人二百人が出入りしてるって言ったじゃないもっとかもしれないその中には顔も見たくない奴がいるどうしてかおもあんなやつがわからないいるのかあたしのことをわかってくれないりかいはらがたつしようとしないはなしかけてもへんじもしないしどうしてそんなことをするのかむしするのやめてとなりにすわっただけでどうし

てそんないやそうなかおするのおまえだよおまえおまえおまえたきもとおまえだおまえおまえおまえおまえ」

ぶつり、という大きな音がスピーカーから聞こえた。宮内の両手の指に、毟《むし》り取った髪の毛が絡みついていた。

落ち着きなさい、と立原教授が伸ばした手に、いきなり宮内が嚙み付いた。獰猛《どうもう》な犬でも、あんな俊敏な動きはできないだろう。

教授の悲鳴と同時に、宮内が椅子を蹴って立ち上がった。飛び付いた警察官が羽交い締めにしたが、宮内が後頭部を警察官の顔面に叩きつけると、沈み込むように膝から床に崩れ落ちた。

意味不明の叫び声を上げながら、両手を広げた宮内が立原教授に襲いかかったが、樋口の方が速かった。横から腰にタックルして、床に組み伏せた。

飛び込んできた岸辺が立原教授に肩を貸し、引きずるようにして診察室から出て行った。立原教授の顔に、はっきりと怯えの色が浮かんでいた。

樋口が宮内の喉に右の上腕部を押し付け、動きを止めようとしていた。樋口の体重は七十キロ以上あるだろう。宮内は小柄で、体格も腕力も劣る。

だが、全身を強靭なバネのようにして暴れ回り、樋口から逃れようとしていた。異常な力だった。

「手錠！」

怒鳴った樋口の声に、頭を振って体を起こした警察官が宮内の両手首に手錠をかけた。戻ってきた岸辺が宮内の腕に注射器の針を刺すと、ようやく動きが止まった。鎮静剤を投与したようだ。

診察室は惨状そのものだった。デスクと椅子が引っ繰り返り、血の滴が点々と床に落ちている。それに宮内の髪の毛が絡まっていた。

警察官が自分の鼻に触れて、折れていますと呻《うめ》いた。手当を、とだけ言った樋口がジャケットの内ポケットからスマートフォンを取り出し、耳に押し当てた。

「今のは……何だったんだ？」

中腰のまま、日比野がつぶやいた。わたしには何も言えなかった。隣に目をやると、結花子が顔を両手で覆って泣いていた。

4

三十分後、ミーティングルームのドアが開き、立原教授と樋口が入ってきた。

その前に戻っていた岸辺から、二針縫ったと聞いていたが、怪我そのものよりも心理的なショックの方が大きかったのだろう。立原教授の顔は真っ青だった。眼鏡をかけていなかったが、宮内に襲われた際、壊れてしまったようだ。

申し訳ありません、と樋口が深く頭を下げた。

「僕の責任です。甘く見ていたと言われてもやむを得ません。ただ、まさかあんな……とにかくお詫びします」

私は大丈夫だ、と立原教授が自分のデスクに座った。

「驚いたのは事実だが、謝る必要はない。怪我もたいしたことはなかった。私が不用意だったんだ」

警察も当てにならないな、と日比野が皮肉っぽく言ったが、岸辺が首を振るとそのまま口をつぐんだ。

君たちも見ていただろう、と立原教授が胸ポケットから取り出した電子タバコをくわえた。

「患者の感情の急変は、精神科では珍しくない。暴力、自傷行為、それもよくあることだ。ただ、あまりにも突然だったので、対処できなかった」

あの女が自分の髪の毛を抜いていることに、白崎さんは気づいていました、と岸辺が言った。

最初は襟足の辺りでした、とわたしはショートボブにしている自分の髪に触れた。

正面からだと見えなかった、と立原教授が深く息を吐いて、デスクの引き出しから予備の眼鏡を取り出した。

「そうか、予兆があったわけだ。わかっていれば……まあいい、今後は注意しよう。とにかく、全員座ってくれ。検討を始めよう。羽島くん、コーヒーを頼む」

大丈夫ですかと言ったわたしに、心配ないと立原教授が手に目をやった。

「非常に奇妙な現象が起きたわけだが、それはわかっているね？」

奇妙な現象、と首を捻った樋口に、屈強な刑事が小柄な女性を制圧できなかったことだ、と教授が煙を吐いた。

「体格差は歴然としている。体重差は三十キロ近いだろう。そして警察官は柔剣道の段位を持っている。にもかかわらず、彼女の抵抗を封じ込むことができなかった。奇妙な現象だと思わないか？」

説明はできます、と岸辺が言った。

「人間の体をコントロールしているのは脳です。脳には自己防御本能があり、他者を攻撃する際でも、自分の体に深刻なダメージを残さないため、自動的にストップをかけます。今回の場合、宮内静江の脳はストッパーとして機能しなかったのでしょう。だから樋口刑事も彼女を制止できなかったと考えられます」

結花子がデスクにマグカップを置いた。理論的には岸辺くんの言う通りだ、と立原教授がコーヒーに二本のスティックシュガーを入れた。甘党なのは、研究生全員が知っていた。

「あの女はアドレナリン、エンドルフィン、あるいはドーパミンの異常分泌によって、あり得ないほどのパワーで抵抗したと考えられる。ただ……他にも可能性がある」

電子タバコをくわえたまま、立原教授が目をつぶった。考えに集中している時の癖だ。わたしたちは慣れていたが、樋口の顔に戸惑いの色が浮かんでいた。突然電池が切れたように動かなくなったのだから、無理もない。

長い沈黙が続いた。立原教授が再び口を開いたのは、十分後だった。

「樋口刑事、雨宮リカが最初に逮捕された前後のことを詳しく話してもらいたい」

ストーカー被害に遭っていた男性が、口実を作ってリカを呼び出したんです、と樋口が左斜め上に視線を向けた。

「男性はその直前、菅原警部補に連絡を入れていましたが、タイミングが悪く、電話に出ることができませんでした。そのため、男性は一人でリカと会い、警察に出頭させるため、ゴルフクラブで頭を殴打しました。その後も、リカの全身をめった打ちにしています。酷い話に聞こえるかもしれませんが、リカに対し強い恐怖心を抱いていたためで、後のことを考えると、やむを得なかったのかもしれません。鎖骨が折れていたのは、後に救急隊員が確認していますが、それでもリカは意識を失うことなく、逆に男性を拉致し、練馬区内から山梨県まで車を運転して運びました。菅原警部補が留守電に残っていた男性のメッセージに気づいたのは――」

ストップ、と手を上げた立原教授が、わたしたちを順に見た。

「今の話を聞いて、どう思った？　男性は四十歳過ぎで、それなりに腕力もあったと考えられる。骨折するほど激しく殴打されたにもかかわらず、雨宮リカは男性を拉致した。普通なら、そんなことはできないはずだ」

「アドレナリンの異常分泌のために、痛みを感じなかったんでしょうか」

腕を組んだ岸辺に、あり得ないと立原教授が言った。

「練馬から山梨県まで、二、三時間はかかっただろう。それだけの長時間、アドレナリンを大量に放出し続けられるはずがない」

「それじゃ、どうして雨宮リカは山梨まで車を運転できたんです？」

日比野の問いに、無痛症でしょうかと結花子が小さな声で言った。その可能性が高い、と立原教授がうなずいた。

「正式には、先天性無痛無汗症。遺伝性疾患で、指定難病になっている。病名通り、痛みを感じず、汗を掻かないというのが主症状だ」発症のメカニズムは不明な点が多い、と立原教授が肩をすくめた。「症状の現れ方にも個人差がある。私が知っている例では、自分で自分の舌を嚙み切ったにもかかわらず、気づかなかった女性がいた。足を複雑骨折しているのに、歩き続けた男性の話も聞いたことがある……樋口刑事、宮内静江は無痛症の疑いがある。もしそうだとすれば、他の四件の未解決殺人事件と繫がる線が見つかるかもしれない」

「どういうことです？」

身を乗り出した樋口に、犯人の条件だ、と立原教授が言った。

「四件のバラバラ殺人の犯人は、雨宮リカ事件について強い興味を持ち、詳しく調べていたと考えられる。それは私の心理感染説とも符合する。そこに、無痛症患者という条件を加えてみてはどうか」

「無痛症患者……」

今もネットのあちこちに、雨宮リカと彼女の事件について、断片的な記事、証言、目撃談が残っている、と立原教授がコーヒーをひと口飲んだ。

「雨宮リカの心理に感染した者、わかりやすく言えば、影響を受け、共感した者がいてもおかしくない。逆に、恐怖、嫌悪を感じた者も、心理感染の対象となる。その中に無痛症の者がいたとしよう。原因は不明だが、彼ら彼女らはその特異な肉体的資質によって、雨宮リカへの同調が容易だった。だから、リカと同じ手口で殺人を犯すことができた……あくまでも仮説だが、そう考えれば説明がつく」

「被害者の周辺に無痛症患者がいたら、その人物が犯人ということですか？」

樋口の問いに、絶対ではない、と立原教授が電子タバコの煙を吐いた。

「もうひとつ問題がある。無痛症患者は、自分が生まれつき痛みに強い、痛みを感じにくい、あるいは汗を掻かない体質だと思い込んでいる者がほとんどだ。個人差もあるし、多少の怪我なら気にしないという者は、特に珍しくないだろう」

僕もそうです、と樋口がうなずいた。無痛症患者は一万人に一人という統計がある、と立原教授が顎髭を撫でた。

「だが、それは病院で診断を受けた者の数で、自覚していない無痛症患者はもっと多いと考えられる。正確な数字は算出できないし、自覚がなければ、病院で検査しようとは思わないだろう。被害者周辺に無痛症の人間がいても、調べるのは難しい」

どうしたものか、と立原教授が腕を組んだ。くわえている電子タバコの先で、青い光が灯《と》もっていた。

5

研究室の内線電話が鳴った。受話器を取った立原教授が、すぐ行くとだけ言って電話を切った。

「樋口刑事、宮内静江は右手首を骨折、左大腿部の筋が部分断裂していたが、痛みを訴えていない。無痛症と考えていいだろう。外科で処置をしているが、立ち会ってほしいと要請があった」

唇を強く嚙んだ樋口が、僕も行きますと立ち上がった。今日はここまでだ、と立原教授が電子タバコをポケットに押し込んだ。

「君たちはあの女が態度を急変させた理由について、撮影した映像を再確認し、検討するように。率直に言うが、あまりにも突然だったため、私も何があったのかよくわかっていない。気づいたことがあれば、メモをデスクに残してくれると助かる」

研究室から立原教授と樋口が出て行った。短い沈黙の後、なかなかショッキングな光景だったな、と日比野が座ったまま大きく伸びをした。

「岸辺やゆかっちは慣れてるかもしれないけど、我々心理学チームにとってはトラウマものの衝撃映像だよ。そうだろ、あーや」

あんな患者は見たことがありません、と結花子が肩を震わせた。

「宮内静江は……人ではない何かでした」

わたしはパソコンの画面に映っていた宮内の顔を思い浮かべた。彼女が自分の髪の毛を抜いていることに気づいたのは、いつだっただろう。

最初、彼女は時々頭の後ろに手をやって、髪を整えるような仕草をしていた。笑みを浮かべながら、立原教授の質問に答えていたから、単なる癖だとしか思わなかった。

抜いた髪の毛を自分の膝に落としているのがわかったのは、しばらく経った頃だ。その後、彼女は両手で髪を摑み、毟り取った。

無造作に肩まで伸ばしていた黒髪を、強引に千切っていた。ぶつり、というあの時の音が、まだ耳に残っていた。

呪詛《じゅそ》のような言葉を吐き散らしていた時、彼女は俯いていた。だが、顔を上げた時、そこにいたのは結花子が言ったように〝人ではない何か〟だった。

獣でも幽霊でも化け物でもない。具体的な何かではなく、純粋な憎悪の塊と言うべきだろうか。

夾雑物《きょうざつぶつ》のない憎悪が、顔というフォルムになっていた。表現としては、それが一番正しいかもしれない。

その後立原教授を襲ったが、対象は誰でもよかったのだろう。混じり気のない憎悪の爆発。それがあの瞬間に起きたすべてだった。

「相手は誰でも構わなかったはずだ」

岸辺が低い声で言った。わたしと同じことを考えていたようだ。

「あの時、彼女は一時的な視野狭窄《きょうさく》状態に陥っていたんだろう。遮眼帯をつけた馬と同じで、前しか見えなかった。そこにいたのが立原教授だっただけで、樋口刑事でも警察官でも、攻撃対象は誰であってもよかった。怒りや不平不満、憎しみ、あらゆるネガティブな感情が彼女の中で膨れ上がり、爆発した……そういうことなんじゃないか」

女は怖いね、と日比野がぼやいた。

「映像を巻き戻して見直したら、たきもと、と言っていた。訳がわからないよ。昨日の警察の取調室での映像は覚えてるだろ？　宮内は滝本と恋愛関係にあったと話していた。それが嘘、あるいは彼女の思い込みだったことはわかってる。でも、宮内は滝本に恋愛感情を抱いていたはずだ。それなのにどうして……」

神経の回路がどこかで切り替わったのかもしれません、とわたしは言った。

「彼女は滝本に恋愛感情を抱いていました。単なる恋というレベルではなく、もっと激しい想いがあったんでしょう。その強い気持ちが、何かをきっかけに正反対のベクトルに向かったのでは？」

「きっかけ？」

冷たい物に触れた時、熱い、と叫んだことはありませんか、とわたしは三人の顔を順に見つめた。

「触感が信号となって脳に達するのは、測定不能なほど速いスピードです。伝達回路が少しでもずれると、冷たくても熱いと錯覚することは珍しくありません。強すぎる愛情が憎悪に変換されたのは、感情の処理能力が追いつかなかったためだと――」

どこにそのきっかけがあったんだ、と日比野がパソコンに目をやった。

「宮内の態度の急変は異常だよ。どんな理由があれば、あんなふうになるんだ？　あの時、教授は職場の人間関係について質問していただけで、宮内を刺激するようなワードは一切使っていなかった。そうだろ？」

わたしたちはそれぞれのノートパソコンの画像を再生し、二人のやり取りを改めて確認した。突然、という以外、表現できない変貌ぶりだった。

精神科医として、立原教授は約三十年のキャリアがある。また、心理学の博士号を取得していることからもわかるように、人間心理のスペシャリストだ。

態度、言葉遣い、声の抑揚、使用ワードの選択、口調。患者とどう接すればいいのか、誰よりも熟知していると言っていい。

公認心理師という立場から言えば、宮内は統合失調症の可能性が高かった。この病気には様々なパターンがあり、思考障害、妄想は、主なものだけでも十種類以上が挙げられる。また、複数の妄想が混在することも多い。

だが、そんなことはわたしより立原教授の方が詳しいだろう。そして、患者の扱いにも慣れている。

宮内の感情を激発させるような質問はしていない、と断言できた。それでは、なぜ彼女は〝人ではない何か〟になってしまったのか。

終わりにしよう、と腕時計に目をやった岸辺がパソコンをオフにした。今日、彼は当直なので、病院に戻らなければならない。それは事前に聞いていた。

「ドクターはご多忙ですな」立ち上がった日比野が、岸辺の肩を軽く叩いた。「もう六時か……確かに疲れたな。あーや、ゆかっち、メシでも行かないか？」

日比野の視線は結花子に向いていた。わたしが岸辺と付き合っていること、仕事が終わればすぐ家に帰って母の世話をしなければならない事情は、日比野も知っている。

わたしが断わることを前提とした誘いで、二人の名前を出したのは建前に過ぎない。日比野が誘っているのは結花子だった。

日比野が結花子に好意を持っているのは、以前からわたしも岸辺もわかっていた。そして、結花子がそれを快く思っていないことも。

だが、日比野に対して、はっきりノーと言ったことはなかった。結花子にはそういうところがあった。

人間関係が悪くなるのを避けるため、曖昧な態度を取るのが常だったが、日比野のような性格の男には通じないだろう。

「どうよ、あーや」行かないか、と日比野が繰り返した。「駅前に新しい店がオープンしてた。嫌なものを見たから、酒でも飲まないとやってられない」

カウンセリングルームに戻ります、とわたしはノートパソコンを閉じた。

「まだ仕事が残ってるので……早く帰らないと、母が待ってますから」

そうだったな、とわざとらしく言った日比野が結花子を見つめた。

「たまには二人で行かないか。仕事は終わってるんだろ？」

絡むような言い方だった。先週も、その前も、結花子は理由をつけて日比野の誘いを断わっていたから、そのせいもあるのかもしれない。

日比野はプライドが高い男だ。婉曲《えんきょく》に拒否されていることを、認めたくないのだろう。

病院に戻ると言った岸辺に促されて、わたしも席を立った。最後に振り向くと、日比野が結花子の横に座って、顔を覗き込んでいた。

6

カウンセリングルームに戻ると、エントランスの前に樋口が立っていた。

「どうしたんです？　なぜここに？」

相談したいことがあったので、と樋口が微笑んだ。

「中にいた男性セラピスト……加治《かじ》さんでしたっけ？　事情を話したら、戻ってくるはずだということだったので、ここで待っていたんです」

ドアを開けると、受付で加治が軽く頭を下げた。一年後輩で、今年の四月からカウンセリングルームで働いている臨床心理士だ。

わたしは自分の個室に樋口を通した。カウンセリングルームには個室が五つあり、相田《あいだ》室長以下、五人のセラピストがクライアントとそこで面談する。

個室になっているのはプライバシー保護のためで、相田室長とわたしは公認心理師、他の三人は臨床心理士だが、混乱を避けるため、全員の肩書はセラピストで統一されていた。

「相談と言われても……正直に言いますけど、あんな症状を持つクライアントはカウンセリングルームに来ないんです」座ってください、とわたしは椅子を勧めた。「宮内静江のことは、わたしにもよくわかりません。精神的な疾患を抱えているのは確かですが、質問なら専門の精神科医にするべきでしょう」

質問ではなく相談です、と樋口が外国人のように両手を広げた。小テーブルの向かいに、わたしは腰を下ろした。

「何か飲みますか？　自動販売機があるので……」

結構です、と樋口が長い足を組んだ。

「お母様が怪我をされたそうですね。両足を骨折したとか……」

たいしたことはありませんと言ったわたしに、手短に済ませます、と樋口が両手をテーブルの上に置いた。

「相談と言いましたが、今日起きたことについて、白崎さんの意見を聞かせてもらいたいと――」

待ってください、とわたしは手を振った。

「今も言いましたが、意見はないんです。わたしに宮内の心理分析はできません。公認心理師はクライアントとセッションを重ねることで、その心理状態を見極め、どのレベルにあるか、その判断をするだけです。それ以上は精神科医の領域で、診断も治療も許されていないんです」

聞いてください、と慌てたように樋口が言った。

「カフェテリアでも話しましたが、滝本殺しの件は宮内の逮捕で終わっています。僕とコールドケース班にとって重要なのは、例の四件の未解決バラバラ殺人事件です。今日の宮内を見て、その背景に雨宮リカの存在がある、と僕は確信しました」

樋口に言われるまでもなく、宮内は明らかに異常だった。本人の意志ではなく、何か別のものが彼女を突き動かしていた。それがリカだと言われれば、うなずくしかない。

「今まで、雨宮リカについて、白崎さんには話せないことがありました」捜査機密に触れかねないためです、と樋口が言った。「ですが、曖昧に話すよりも、正確な情報を伝えた方がいいとわかりました。部外者に捜査情報を話すのは禁止されていますが、もうそんなことを言っている場合じゃありません。協力してもらえませんか?」

何もできませんが、話を聞くのが公認心理師の仕事ですと言うと、リカの周囲で不審な事件が起きていると話したのは覚えていますか、と樋口が正面からわたしを見つめた。

「ストーキングしていた男性の拉致監禁事件以外で、リカの関与が確実なのは、中野区の私立病院の副院長が殺された事件だけですが」他にもあるんです、と樋口が声を低くした。

「数え上げると、きりがありません。例のストーキング事件の際、被害者男性の依頼を受けて調査していた私立探偵がいたことは話しましたよね？　実は、その探偵も殺されているんです」

「まさか――」

　犯人は今も不明ですが、リカが殺したとしか考えられません、と樋口が言った。

「その探偵は殺害される直前、報告書を作成していました。それを入手した菅原警部補が雨宮リカのことを調べ、その資料を託された梅本刑事が、更に詳しい調査を進めていました」

　巡り巡って、今は僕がその資料を管理しています、と樋口がカバンから分厚いファイルを取り出した。

「白崎さんに見せることは、さすがにできませんが、雨宮リカの周囲で不審な事件が起きるようになったのは、およそ三十年前です。当時、リカは十歳でした」

「十歳の少女が何をしたと言うんです？」馬鹿馬鹿しい、という言葉をわたしは呑み込んだ。

「小学校四年生ですよ？　本気で言ってるんですか？」

　少しの間無言でいた樋口が、スマホをスワイプした。画面に浮かんだのは、寂しげな表情の髪の長い美しい少女だった。この子が雨宮リカです、と樋口が写真を指さした。

「中学の入学式の後、雨宮家の家族四人が広尾の写真館で撮影したものを、梅本刑事が探し出し、複写していたんです」

　樋口が指を動かすと、両親と二人の娘が一緒に写っている写真、そして姉妹一人ずつの写真が出てきた。リカには妹がいました、と樋口が写真を指した。

「二卵性の双子なんです。姉のリカと似ていないのは、そのためでしょう」

　わたしは思わず息を呑んだ。妹の全身から、輝くような光が溢れていた。

　天真爛漫な笑顔は、まるで天使のようだ。姉であるリカも美少女だが、妹にはとても及ばない。

「母親が連れて家を出たのは、こちらの妹です」雨宮家の美人姉妹は広尾界隈で有名だったそうです、と樋口が言った。「物静かですが、誰にでも優しい美しい姉と、明るく元気で、少しわがままなところを含め、可愛らしい妹……小学校の同級生で、雨宮姉妹のことを覚えていない者はいませんでした」

　樋口が指を素早く動かし、最初の写真に戻した。この子がリカなんですね、とわたしはロングヘアの少女に目をやった。

　中学の入学式直後に撮影したというから、十二歳前後だろう。幼さの残る顔立ちに、哀しみに似た何かが漂っていたが、きれいな子なのは確かだった。

「信じられません……とても優しそうで、繊細な感じがします。不審な事件があったというのは、偶然が重なっただけなのでは？」

　夫を交通事故で亡くしたことが直接の原因だと思われますが、母親は新興宗教に帰依し、妹を連れて家を出ました、と樋口が言った。

「ですが、それ以前から雨宮家に出入りしていた者が行方不明になるなど、不可解な事件が起きていたんです。姉妹の家庭教師、ピアノの先生、家政婦、その保護者の神父……いずれも今日に至るまで、消息不明のままです。リカが通っていた高校では、教師と生徒の心中事件が連続して起きています。偶然とは思えません。青美看護学校での火災による犠牲者の数は百人以上で――」

　それは聞きました、とわたしは首を振った。

「すべての事件にリカが関係している、と樋口さんは考えているんですか？　でも、わたしに何をしろと言うんです？　意見と言われても――」

　リカの幼少期について、調べ直そうと思っています、と樋口がスマホを伏せた。

「リカが幼い頃、何らかの強いショックを受けた、それがトラウマとなり、彼女の人格を一変させたのではないか……その原因がわかれば、今後の捜査の参考になります。未解決殺人事件の犯人が一人であれ複数であれ、リカの心理が感染しているなら、行動パターンはリカと同じになるはずです。その方向から改めて事件を再検討することも可能になるでしょう」

　三十年前に起きたことを調べるのは難しいと思いますと言ったわたしに、調査自体はできますと樋口が肩をすくめた。

「難しいのは確かですが、戸籍も残っていますし、小中高、そして看護学校に通っていた記録もあります。ピアノの先生が失踪したのは、リカが十一歳の時ですから、それ以前に何かがあったことになります。そうであれば時期も限定されますし、幼稚園や小学校の同級生の所在もある程度判明しています。誰かが何か覚えていても、不思議ではありません。ただ、その分析や解釈は、僕の手に余ります。些細なことがリカのトラウマになった可能性もあるでしょう。調査は僕がしますが、分析に協力してもらえませんか」

　あくまでも一般論ですが、とわたしは樋口を見つめた。

「幼少期のトラウマが、後の人生に大きな影響を与えることがあるのは事実です。心の深い部分で、人間はすべてを記憶しています。でも、影響がどう表れるかは個人差があります。協力したいとは思いますが……」

　厳しいですか、と樋口が額に手を当てた。誰でもそうですが、記憶をすり替えることもあります、とわたしは話を続けた。

「同じ時間、同じ空間にいても、自分の都合のいいように記憶を変えたり、時には封印することもあるんです。リカの幼少期を調べることで、他の事件の犯人との関連性を探るという樋口さんの狙いはわかりますが、不確かな記憶を元に分析すれば、誤った情報を与えることになりかねません」

そうですか、と樋口が肩を落とした。はっきりとした事実関係がわかれば、また違ってくるんですけど、とわたしは言った。

「最近では、出生直後から人間には記憶能力が備わっている、という説が精神科医、心理学者の間で主流になりつつあります。ただし、記憶していても理解力、あるいは認識能力が低いため、幼い頃に何があったか、思い出せる者はめったにいません。それは三歳前後まで同じで、それ以前のことを覚えていると主張する人は、九十九パーセント以上が後付けの記憶です」

「両親や兄姉に聞いた話を、自分の記憶と思い込んでいる。そういうことですか？」

ですが、記憶そのものは心のどこかに残っています、とわたしは言った。

「それが何らかの精神的外傷となることはあるでしょう。最も重要だと考えられるのは、三歳以降六歳前後の記憶です。その年齢になると、周りで何が起きたか理解する能力が高くなっています。影響力は、それまでの比ではありません。ただ、もちろん完全に理解しているわけではないので、ぼんやりとしか覚えていない、もしくは忘れている、無意識のうちになかったことにしてしまう、そういうこともあると思います。でも、その記憶が変化や増幅を繰り返すことで、人生を支配する事例は少なくありません。わたしなら、そこに絞って調べるでしょう」

「なぜです？」

「家族や周囲の人間との関係が濃密になるため、本人ではなく、他の誰かが覚えている可能性が高くなるからです。さっきも言いましたが、本人の記憶は自分の都合で書き換えることができます。でも、家族や友人の客観的な記憶は、それほど大きく変わりません。複数の記憶を照合すれば、信頼性が高くなるのは言うまでもないでしょう。そうは言っても、三十年以上昔の話ですよね？　調べるのは難しいと思います」

口をへの字に結んだ樋口が黙り込んだ。何を言えばいいのかわからないまま、わたしはデスクに視線を向けた。

「……大人になってからのリカの写真はあるんですか？」

見ない方がいいでしょう、と樋口が目を逸《そ》らした。

「二十数年前の逮捕の際、菅原刑事はリカの腹部、胸部を拳銃で撃っています。その時、鑑識が現場で撮影した写真が残っていますが、正視に堪えないと言いますか、人相もろくに判別できない状態です。十年前の逮捕時の写真に至っては、見せることができません。青木刑事はリカの頭部に六発の銃弾を撃ち込んでいます。血まみれで穴だらけの顔を見ても、気分が悪くなるだけですよ」

「子供の時の面影はありましたか？」

僕も写真でしか見ていないんですが、印象はまったく違います、と樋口が前髪を後ろに流した。何があったのか、とわたしはこめかみに指を押し当てた。想像するリカの姿と写真の少女が、頭の中で結び付かなかった。

長くなってすみません、と樋口が立ち上がった。

「宮内静江の取り調べは、月曜から再開します。経過を観察したいという立原教授の意向もあって、それまで帝光大付属病院に入院させることになりました。しばらくの間、僕もこちらへ通うことになるでしょう」

ドアに足を向けた樋口が、羽島結花子さんのことですが、と首だけを左に曲げた。少しだけ、表情が固くなっていた。

「彼女とは親しいんですか？」

普通です、とわたしは答えた。同じ立原ＬＳの研究生だが、それまでは互いに顔さえ知らなかった。

全学生数八万人の帝光大では、学部や学科が違えば他人も同然で、ある程度以上の規模がある大学なら、どこも似たようなものだろう。

結花子と知り合ったのは、立原LSに入った時だ。研究生は四人しかいないから、女性同士ということもあって親しくなったが、仕事も性格も違う。あくまでも、同じLSの研究生として接しているだけだ。

「彼女が高校まで広尾に住んでいたのは知ってましたか？」

聞いたことがあります、とわたしは言った。羽島さんが高校三年生の時、と樋口がドアノブに触れた。

「彼女の両親は離婚しています。観光バスの運転手だった父親が、事故で乗客三十名を死なせてしまったためです。当時、事件は大きく報道され、奥さんと娘の名前もネット上で暴かれました。羽島というのは母親の旧姓で、彼女の昔の名前は草野明日香《くさのあすか》です。事故は父親の過失によるもので、妻と娘には何の責任もありませんが、ネットで実名を晒《さら》されたことを理由に、家裁に改名を申し立て、認められたことで、高校を卒業後、現在の羽島結花子という名前になったんです」

「……知りませんでした」

僕が気になっているのは、と樋口が低い声で話を続けた。

「彼女の実家と雨宮家の距離が近かったことです。羽島さんが六歳の頃、リカが事件を起こしたのは、近隣住人の間でも噂になっていました。そういう話は、子供の耳にも入ったでしょう。何らかの影響があったと考えてもおかしくないと……すいません、また長くなりそうです。時間のある時に、また話しましょう」

では、と頭を下げた樋口が出て行った。姿が見えなくなったところで、受付にいた加治が、刑事とは思えませんねと声をかけてきた。

「刑事ってもっと強面《こわもて》っていうか、ワイルドなイメージがあったんですが……見た目も若々しいし、感じのいい人ですよね」

話好きなのは加治の性格で、やや女性的なところがある。いつもなら、お喋りに興じるところだったが、気になることが多すぎて、考えに集中したかった。

樋口は何を言いたかったのか、とわたしはドアを閉めた。結花子が一連の事件と関係している、と考えているのだろうか。

ひとつ頭を振って、パソコンに向かった。仕事を終わらせて、早く帰りたかった。

7

都営三田線に乗って、二つ先の志村坂上駅で降り、十分ほど歩いてマンションに帰ると、八時を回っていた。

「ただいま、お母さん」遅くなってごめん、とコートを脱いで母の寝室に入った。「すぐごはんの用意をするから、ちょっとだけ待ってて」

返事はなかった。このところ、母はいつもそうだった。いつも不機嫌で、テレビを見ているだけだ。

最後にリハビリへ行ったのは、十月の初旬だった。無理に勧めても嫌がるだけだとわかっていたから、あえて何も言わなかった。

通院も止めていたが、骨折自体は治っているので、特に心配はしていない。むしろ不安なのは、母の認知症だったが、医師の診察を受けるまで、できることはなかった。

自慢にならない話だが、わたしは料理が苦手だ。駅近くのコンビニで買った総菜を皿に並べ、パックのご飯を温めてトレイに載せてから、リクライニングベッドを起こし、母の膝の上に置いた。

困ったような目で、母がわたしを見ていた。箸を忘れていたことに気づき、キッチンに戻り、取ってきた箸を握らせたが、食欲がないのか、手をつけようとはしなかった。

「何を見てたの？」

ベッドの正面に、小型のテレビを置いたのはわたしだ。画面に流れていたのは、ニュース番組だった。

両足を骨折した母は、自力で立つことができなくなっていた。リハビリ不足のためもあったが、転倒してまた骨折したら、という怯えがあるのだろう。

仕事があるので、平日の日中、わたしは家にいない。そのため、母は一日中ベッドで横になっているしかなかった。

手は動かせるので、リモコンでテレビのチャンネルを替えたり、ガラケーで電話をすることはできたが、後は新聞や雑誌を読むぐらいだ。

友人も少なかったから、電話で話す相手は限られている。きちんとリハビリに通えば、歩けるようになるはずだったが、その前に一度病院で認知症の進行を調べてもらった方がいいかもしれない。

ご飯は後にしようねと声をかけて、母を浴室へ連れていき、パジャマと下着を脱がせて体を洗った。朝、トイレに付き添い、その後はオムツを穿かせていたので、多少臭ったが、気になるほどではなかった。

体をバスタオルで拭きながら、今日はどうしていたのか、テレビで何を見ていたのかと話しかけたが、はっきりした返事はなかった。もっとも、一日中ベッドで横になっているのだから、何をしていたのかと聞かれても答えようがないだろう。

昔からそうだが、母は口数が少なく、他人との付き合いに消極的だった。わたしが小学校に上がった時も、今で言うママ友を作ろうとしなかったし、PTAの集まりでは、与えられた役割を黙ってこなすだけだった。

二年前まで勤めていた会計事務所でも、それは同じだったと聞いていた。親戚ともほとんど連絡を取らないほどで、人と距離をおく性格だ。かなりの人見知りと言っていい。

わたしは母と正反対の積極的な性格で、友人も多かった。無意識のうちに母を反面教師にしていたのだろう。

そうやってお互いのバランスを取り、日々を過ごしてきたが、事故がすべてを変えてしまった。このひと月ほど、母はあまり話さなくなっていたが、話す意志を失ってしまった、と言うべきかもしれない。

わたしは毎日、その日にあった出来事を話すようにしていたが、母はただ聞いているだけだった。今日はそれすらない。表情のない目で、わたしを見ているだけだ。日によって気分にアップダウンがあるのは慣れていたが、特に今日は酷かった。

誰とも話さず、接しないことが、認知症を悪化させているのかもしれない。もう一度入院させて、医師や看護師、他の入院患者と話す機会を作った方がいいのだろうか。

明日にでも立原教授に相談してみようと思った。それで気分が少し楽になった。

母に新しいパジャマを着せ、ベッドに運び、横になるのを介助した。小柄で非力なわたしは、それだけで疲れてしまった。

毛布と布団をかけてから、買っていたサンドイッチとサラダをリビングで食べた。疲れが溜まっていたし、宮内静江の件もあって食欲はなかったが、何か食べなければ倒れてしまうだろう。

その間も、今日一日のことを母に話し続けた。認知症の兆候があるといっても、重度ではない。話の意味は理解しているようだった。

いつの間にか、わたしはリビングのソファで眠っていた。スマホの着信音が鳴っていることに気づき、半分寝ぼけたまま画面をスワイプすると、ぼくだ、という岸辺の声がした。

「どうしたの……今、何時？」

画面の左上に、11：59という小さな数字があった。こんな夜遅くに岸辺が電話をかけてきたことはない。

どうしたの、と繰り返したわたしに、落ち着いて聞いてくれ、と岸辺が暗い声で言った。

「日比野が……死んだかもしれない」

「……何を言ってるの？」

顔を手のひらで拭った。暖房をつけたままうたた寝していたので、うっすらと汗が滲んでいた。

あいつのコーポで火事があった、という岸辺の強ばった声が聞こえた。

「一度、一緒に行っただろ？　芝公園のコーポだ。ニュースでもやってるけど、全焼したらしい。住人全員が焼け死んだと……」

スマホを耳に当てたまま、母の寝室に入った。半分眠っていたのか、母がぼんやりした顔をわたしに向けて、そのまま目をつぶった。

ついたままになっているテレビの画面に、ＬＩＶＥという文字が浮かんでいた。何人もの消防士が、激しく燃えている建物にホースを向けている。

「そんな……嘘でしょ？」

遺体の確認は取れていないそうだ、と岸辺がため息をついた。

「まだ鎮火していないから、それどころじゃないんだろう。ただ、火元は日比野の部屋のようだ。四階の日比野辰也さんの部屋から出火した、とアナウンサーが言っていた……さっきから電話をかけてるんだけど、繋がらない。おそらく……」

本当なのとだけ言ったが、その後が続かなかった。わたしの目から、涙が溢れていた。

8

　翌日は土曜日だったが、わたしは御茶ノ水にある帝光大学本部会館庶務部に連絡を取り、日比野の住むコーポが火災に遭ったと伝えた。

　庶務部も状況は把握していた。今事実確認をしているところです、と知り合いの庶務部員が言ったが、声の様子から混乱しているのがわかった。

　午後一時、岸辺と待ち合わせて医学部キャンパスへ向かった。日比野が講師を務めている文理学部キャンパスは江古田にあるが、そこに共通の知人はいない。大学の各学部の庶務課は御茶ノ水の本部会館庶務部と情報を共有しているので、立原研究室で待った方がいい、と言ったのは岸辺だった。

　連絡していなかったが、ミーティングルームに入ると、立原教授と結花子がいた。真っ青な顔の結花子に、心配しなくていいと声をかけてから、立原教授がわたしたちに顔を向けた。

「来ると思っていたよ」日比野くんのことは聞いてるね、と立原教授が椅子を指した。「三十分ほど前、庶務課から私に連絡があった。鎮火したのは、朝五時過ぎだったそうだ」

「日比野は……？」

　椅子に腰を下ろした岸辺が、虚ろな目で辺りを見回した。まだわからない、と立原教授が首を振った。

「コーポは全焼したそうだ。部屋は全十室で、十一体の死体が発見されているが、身元はまだ確認できていない。不謹慎なことを言うようだが、焼死体の検分は厄介なんだ……日比野くんは、昨夜コーポに戻っていなかったかもしれない。生きている可能性はある」

「でも、岸辺さんもわたしも、日比野さんに何度も電話をしました」わたしはバッグからスマホを取り出した。「十時間以上、繋がっていません。考えたくありませんが……」

火元は彼の部屋だ、と立原教授が口元を歪めた。

「それは消防も確認している。だが、本人が室内にいたかどうかは不明だ。電話に出ないのは、火災の原因に心当たりがあるのかもしれない。過失による出火だとしても、責任は彼にある。怖くて逃げているということも考えられる。とにかく、今は待つしかない。生きてさえいれば――」

ミーティングルームのデスクで、内線電話が大きな音を立てて鳴った。受話器を耳に当てた立原教授が、そのままわたしたちに背を向けた。

低い話し声が少しの間続き、受話器を置く音がした。ため息をついた教授が向き直った。

「庶務課からだ……遺体の一体が、日比野くんと確認された」

「本当ですか？　本当に日比野は……」

立ち上がった岸辺に、立原教授が小さく首を振った。結花子が肩を震わせて泣いていた。信じられない、と岸辺が右手で額を押さえた。

「日比野は煙草も吸いませんし、料理もしない男です。どうして火事なんか……」

それを調べるのは消防や警察の仕事だ、と立原教授が言った。

「日比野くんも電化製品を使っていただろう。何らかの不具合があったのかもしれない。彼は優秀な心理学者だった。残念だよ……私は庶務課へ行って、詳しい事情を聞いてくる。文理学部はもちろんだが、他の学部とも連絡を取らなければならない。君たちもショックだろう。とにかく一度帰って、連絡を待つように。彼の実家は埼玉だったたな？」

越谷《こしがや》です、と岸辺が言った。誰がご両親に伝えるべきなのか、と立原教授がつぶやいた。

結花子、岸辺、そしてわたしの順番でミーティングルームを出た。最後に立原教授が足早に立ち去っていった。

9

板橋本町の駅まで戻り、近くにあったファストフードショップに行った。結花子は泣き続けていたし、わたしも言うべき言葉がなかった。

それは岸辺も同じで、どうしていいかわからないまま店に入った、というのが本当のところだ。

一番ショックを受けていたのは岸辺だった。二人とも埼玉県出身で、同じ高校を卒業していたこともあり、親しくしていた。

実家も近く、遊びに行ったこともあったと聞いている。辛い気持ちは、痛いほどよくわかった。

わたしと日比野は、立原ＬＳに入ってから知り合った。友人としての期間は、一年にも満たない。

どこのＬＳでも、研究生同士の関係性は密になるが、岸辺は大学に入学する前から知っていたので、つきあいは十二年近い。わたしと比べることはできないし、友人を亡くした悲しみは想像もつかなかった。

わからないのは結花子だった。彼女もわたしと同じで、立原ＬＳに入ってから日比野と知り合っている。

日比野は癖の強い性格で、他人との距離の取り方がよくわかっていないところがあった。人の心にずかずかと土足で上がり込むような言葉を言ったり、過度に馴れ馴れしくしたり、逆にわざと意地の悪い態度を取ることも珍しくなかった。

斜に構えたり、皮肉を言うのは彼のポーズで、構ってほしいだけだとわかれば気にならなかったが、無神経といえば無神経な男だった。わたしも知り合った頃は、変な人だと思ったのを覚えている。

嫌っていた男性であっても、知り合いが死んで嬉しいはずがない。泣いてもおかしくないが、研究室にいた時から、そしてファストフードショップでも、結花子は泣き通しだった。どうしてあなたは泣かないの、と言われているようで、醒めていくのが自分でもわかった。

もっとも、結花子の性格を考えると、日比野の死を悲しむというより、ショックのために泣いているのだろう。それはわたしも同じで、結花子のようには泣けない、というだけのことだった。

一時間ほどそうしていたが、話すこともないまま店を出た。三人ともほとんど寝ていなかったから、一度帰って休みたいということもあった。

三田線で志村坂上の駅に着いた時、スマホが鳴った。登録のない番号だったが、電話に出た。

大学の関係者だろうと思ったためだが、白崎さんですかと言った声に聞き覚えがあった。

「警視庁の樋口です。突然ですいません。昨日、カウンセリングルームで話した時、名刺を交換しましたよね？　あなたの名刺に携帯番号があったので……」

カウンセリングルームのセラピストの名刺には、デスクの直通番号と携帯番号が併記されている。緊急事態に備えてのものだが、それを見て電話をかけてきたようだ。

「日比野さんが亡くなられたそうですね」樋口が静かな声で言った。「お悔やみ申し上げます」

「わたしもよく事情がわかっていなくて……何と言ったらいいのか……」

「火災の原因について、聞いてますか？」

いいえ、と首を振ったわたしに、放火だそうです、と樋口が言った。

「放火？」

「消防庁の火災原因調査員から、今聞いたばかりです。日比野さんが住んでいたコーポは全十戸、大きいとは言えませんが、小さくもありません。ですが、火災発生直後、全戸に火が回っています。炎の勢いが激しかったためですが、出火元である日比野さんの部屋に、相当量のガソリンが撒かれていた形跡がありました」

あり得ません、とわたしはスマホを強く握った。

「日比野さんは人好きのするタイプではありませんし、嫌いだと公言している人がいたのも知っています。でも、放火をするほど憎んでいた人がいたとは思えません」

日比野さんのコーポには防犯カメラが設置されていませんでした、と樋口が舌打ちする音が聞こえた。

「出火時刻は昨夜十一時過ぎ、コーポは芝公園駅から一キロほど離れた閑静な住宅街にあります。これはまだ公表していませんが、十時半頃、付近で不審な人物を見た者がいました」

「不審な人物？」

女性です、と樋口が声を潜めた。

「目撃したのはコーポ付近に住むサラリーマンで、かなり酔っていたようです。帰宅後、変な女を見たと家族に話し、火事が起きたことで、今朝になって通報してきました。一時間ほど前、警察官が自宅へ行き、本人から話を聞いています」

「女性というのは？　不審と言われても……」

「報告書をそのまま読みます……『情報提供者は十二月十三日金曜日午後十時三十分過ぎ、帰宅途中、大柄な女性を目撃。特徴、身長百七十センチ以上、痩せ型、棒のような体つき、長いストレートの黒髪。花柄のワンピースを着用、情報提供者の記憶ではヒマワリ柄のプリント。ただし証言時の簡易検査により、呼気一リットル中のアルコール濃度は〇・三ミリグラム以上、事情聴取時もまだ酔いが醒めていなかった。女性の人相は不明、電柱の陰に立っていて、通り過ぎた時、悪臭がしたため気づいたと証言している』……白崎さん、聞こえてますか？」

「はい……あの、悪臭というのは？」

わかりません、と樋口が言った。

「目撃者はかなり酔っていて、記憶も曖昧です。警察官の質問に、とにかく嫌な臭いだったと答えています。大量の酢を飲んだ人間の吐瀉物《としゃぶつ》のような臭いで、目が痛くなるほどだったそうです。気分が悪くなって、すぐその場を離れ、振り向いた時にはもういなかったと……」

樋口さん、とわたしはスマホを耳に押し当てた。自分の声が震えているのがわかった。

「その女というのは……」

身体的特徴は雨宮リカと酷似しています、と樋口が更に声を低くした。

「これは話していませんでしたが、リカには強い体臭がありました。強烈な腋臭《わきが》のようだった、という証言が数多く残っています。花柄のワンピースというのも、リカが好んで着ていた服です。考えてみてください、もう十二月半ばで、昨夜の気温は五度でした。ワンピース一枚で歩き回る女がいると思いますか？」

わたしは着ていたダウンジャケットの襟に触れた。今は午後二時で、一日の内でも暖かい時間帯だが、それでもコートなり上着がなければ寒いと感じるだろう。

「樋口さんは……その女が雨宮リカだと？　まさか、リカが日比野さんの部屋に放火したんですか？」

そうは言ってません、と樋口が大きく息を吐いた。

「吐瀉物の臭いがしたと目撃者は証言していますが、本人も飲み屋で吐いていたんです。それが着ていた背広に付着し、勘違いしたのかもしれません。背の高い女性が現場付近にいただけ、ということもあり得ます。ですが、立原ＬＳが雨宮リカと宮内静江の心理感染について検証を始めた直後に、日比野さんの部屋が放火されたというのは……」

また連絡します、と樋口が電話を切った。冷たい風が、わたしの横を吹き過ぎていった。

Heart 3 破壊

1

『13日午後11時頃、港区芝公園5丁目のコーポ石橋ハウスから出火があり、同コーポは全焼、住人他11名が死亡した。出火元の部屋にガソリンがまかれていたことから、芝公園署は放火の可能性があると見て調べている。同署や港区中央消防署によると、午後11時過ぎに「コーポが燃えている」と通報があり、すぐ消火に向かったが、到着時には建物全体に火が回っていたという。同署などは現場付近を警戒するとともに、詳しい原因を調べている。現場近くに住む70代女性は「単なる火の不始末ではなく、放火というのは不気味でならない。早く原因が分かってほしい」と表情を曇らせた（十二月十五日、東洋新聞朝刊）』

2

警視庁には刑事部という部署があります、と樋口が言った。わたしと岸辺、そして結花子は帝光大学付属病院のカフェテリアにいた。

十二月十六日月曜日午後二時、席は三分の二ほど埋まっていたが、いつもよりは空いていた。

僕が所属しているのも刑事部です、と樋口が警察手帳を開いた。

「細かく言うと、刑事部捜査第一課特命捜査対策室三係ということになります。捜査一課には第一強行犯から第七強行犯、そして第一と第二の特殊犯捜査、そして僕たち特命捜査対策室があります。ざっくり言うと、強行犯というのは殺人、傷害などの事件を扱う部署ですが、第七強行犯だけは違います。僕たちは通称ダイナナと呼んでいますが、その担当は放火、失火事件の捜査です」

放火魔の逮捕ということですかと尋ねた岸辺に、単純に言えばそうですと樋口が答えた。

「故意であれ事故であれ、火災には原因が伴います。放火は犯罪ですから、犯人を逮捕しなければなりません。それに対し、失火は過失に因《よ》るものですが、状況によっては刑事罰の対象となることもあり得ます。火災原因の調査は消防が行ないますが、本件は明らかな放火ですから、今後第五強行犯八係とダイナナが捜査を始めることになります」

日比野さんの部屋が火元だそうですね、と結花子がほとんど聞き取れないほど小さな声で言った。間違いありません、と樋口がうなずいた。

「ダイナナの火災調査官が、日比野さんの部屋に大量のガソリンが撒かれていた痕跡を確認しています。また、室内でロウソクの燃えかすが発見されましたが、犯人はそれを時限発火装置にしたと思われます。犯人が日比野さんに殺意を持っていたのは確実ですが、今のところ動機は不明です。僕は日比野さんと面識があったので、ダイナナから捜査への協力を命じられました。文理学部及び心理学科は他の刑事が調べていますが、立原ＬＳについては僕が担当することになります。お忙しいところ申し訳ありませんが、少しだけ話を聞かせてください」

それほど日比野さんとは親しくないんです、とわたしは結花子に目を向けた。

「知り合ったのも立原ＬＳに入ってからで、まだ一年も経っていません。週に一度は顔を合わせていましたし、同じ帝光大に勤務していますから、広い意味では同僚になりますけど、それだけの関係に過ぎないんです」

結花子がうなずいた。そうですか、と樋口が視線をずらした。

ぼくは彼のことをよく知っています、と岸辺が口を開いた。

「二人とも埼玉の越谷市出身で、同じ高校を卒業しました。同期で帝光大に入ったのは、もう一人女性がいましたが、ぼくたち三人だけです。一年の時は三人でお茶を飲んだり、遊びに行ったこともあります。高校生の頃はクラスが違ったので、それほど親しくありませんでしたが、大学に入ってからは、家が近かったこともあって、休みに会ったりお互いの家へ行ったり……大学内で日比野と一番親しかったのは、ぼくだと思います」

「単刀直入に伺いますが、日比野さんに恨みを持つ人間に心当たりはありませんか？」

樋口の問いに、さあ、と岸辺が首を捻った。

「日比野は癖のある男でした。それは刑事さんもわかってるでしょう？　皮肉屋で、斜に構えた態度を取ることもあります。ぼくは気にしませんでしたが、不快に思う人が多いのも知っています。ただ、殺したいほど憎んでいた者がいたとは思えません。ぼくも含め、他人とのつきあいに一線を引くところがある男でした。よく知らないけれど、何となく気に食わないから殺してしまえ、みたいな人間はいないでしょう？　日比野を強く恨んでいた者に、心当たりはありません」

「放火した犯人は、相手が誰でも良かったんじゃないでしょうか」

一種の愉快犯とは考えられませんかと言ったわたしに、日比野さんは焼死していますので、それはありませんと樋口が首を振った。わたしたちは顔を見合わせた。

火災で死んだのだから、焼け死ぬのは当然だろう。すみません、と樋口が苦笑した。

「火災で亡くなったと聞けば、誰でも焼死を連想しますよね。ですが、実際の火災現場での死因の九割以上は煙による窒息死、もしくは一酸化炭素による中毒死で、焼死というのは稀なんです」

「……どういう意味ですか？」

細い首を傾けた結花子に、犯人は日比野さんの部屋に入っています、と樋口が言った。

「侵入したのではなく、状況から考えて、日比野さんが部屋に招き入れたと思われます。つまり、犯人は日比野さんと面識があったんです。何時に部屋に入ったのか、正確にはわかっていませんが、夜になってからだったのは間違いありません。ダイナナが現場を検分していますが、日比野さんと犯人は一緒に酒を飲んでいたようです」

「お酒？」

日比野さんの後頭部に打撲痕がありました、と樋口が自分の頭に触れた。

「犯人に殴打されたとしか考えられません。まだ公表していませんが、犯人は意識を失った日比野さんの口に十個の石を詰め込み、両手、両足を結束バンドで拘束し、彼の体にガソリンを浴びせています」

止めてください、と結花子が両耳を押さえた。すぐ終わります、と樋口が早口で先を続けた。

「その後、ロウソクによる時限発火装置をセットし、部屋を出た。傷の程度から、日比野さんはすぐに意識を取り戻していたと思われますが、口の中に石があったため、声を上げることはできなかったでしょう。その状態のまま、ロウソクの火が気化したガソリンに燃え移り、日比野さんは生きながら焼け死んだ、というのがダイナナの推測です」

十個の石、という言葉がわたしの耳に強く残った。助けを求めることができないように、そうしたのだろうが、もっと簡単な方法があったはずだ。

例えば、ハンカチで口を塞いでも、声は出せなかっただろう。なぜ、犯人はそんなことをしたのか。

もういいでしょう、と岸辺が強い調子で言った。失礼、と樋口が座り直した。

「状況から言えるのは、犯人が日比野さんと親しい関係にあったということです。彼の携帯電話の通信記録を調べたところ、放火当日の午後六時過ぎ、心理学科の同僚にメールを送っていますが、それ以外電話、メール、ＬＩＮＥその他で誰かと連絡を取った形跡はありません。犯人は七時ないし八時以降に、ノーアポで彼の部屋を訪ねたと思われますが、いきなり知らない人間がやってきたら、あなたたちは部屋に入れますか？」

考えにくいですね、と岸辺が言った。面識のない人間を部屋に上げる者など、いるはずもない。

一緒に酒を飲んでいます、と樋口がテーブルのグラスを傾けた。

「単に面識があるというだけでは、酒を飲んだりしないでしょう。常識で考えれば、親しい人間ということになります」

まさか、と岸辺が腰を浮かせた。そうなんです、と樋口が自分のタブレットに触れた。

「日比野さんの交友関係を洗い直せ、という指示が出ています。立原LSの皆さんも、その対象となります。形式的な質問なので、気を悪くしないでいただきたいんですが、事件当日の夜七時以降、皆さんはどこにいましたか？」

気を悪くしますよ、と軽くテーブルを叩いた岸辺が苦笑を浮かべた。

「ぼくは当直で、付属病院にいました。証人は山ほどいます。医師でも看護師でも患者でも……誰に聞いてもらっても構いません」

あの日はLSの後、カウンセリングルームで仕事をしてから、そのまま家に帰りました、とわたしは言った。

「交通事故で骨折した後、母はまだ一人で歩けません。家事はもちろんですが、入浴、トイレもできないんです。仕事が終われば、すぐ帰るようにしていました。帰宅したのは夜八時過ぎで、それからは母の夕食を作ったり、着替えを手伝ったり……ずっと母と一緒にいました。母に聞いてもらえればわかります」

認知症の初期段階にある母の記憶力は、決していいと言えないが、何もわからなくなっているわけではない。時間さえかければ、昨日、先週、ひと月前のことでも思い出すことができた。

わたしに日比野を殺す動機はないから、アリバイの証明など必要ないのだが、樋口の立場は理解できた。いずれにしても、母と話せばわたしのアリバイは確認できる。

あなたは、と樋口が顔の向きを変えた。立原教授の研究室にいました、と結花子が答えた。

「少し仕事が残っていたので……家に帰ったのは九時頃だったと思います。ただ、ずっと一人だったので……」

正直なところ、と樋口が人差し指で鼻の頭を掻いた。

「皆さんを疑っているわけじゃないんです。日比野さんの殺害方法は非常に残忍で、よほど強い恨みがなければ、生きたまま人を焼き殺す者はいません。皆さんがそんなことをするはずがないのは、考えるまでもありません」

その場しのぎの言葉ではないようだった。わたしたち四人が不仲でなかったのは、わかっているのだろう。

警察というのは何でも確認でして、と樋口が唇をすぼめた。

「岸辺さんが日比野さんと親しくなったのは、大学入学後ということですが、中学、高校時代の友人など、知らない人間関係もありますよね？　彼は文理学部の講師でしたから、江古田キャンパスで過ごす時間の方が、圧倒的に長かったでしょう。何かあったとすれば文理学部の関係者だと……そんな顔しないでください、あくまでも形式上の質問なんです」

樋口の表情や声からも、それは伝わってきた。少しだけ、場の雰囲気が和んだ。

わたしは隣に座っていた結花子に視線を向けた。彼女は嘘をついている。

あの日、日比野は結花子を飲みに誘っていた。岸辺は当直で、病院に戻っていたし、わたしは母のことがあったので、仕事を終わらせたら、帰るしかなかった。

わたしと岸辺がミーティングルームを出た時、日比野と結花子は席に座り、話していた。その後二人がどうしたのか、どこへ行ったのか、それはわからないが、ミーティングルームに残っていたはずがない。

いずれにせよ、結花子があの場に残って仕事をすることはあり得なかった。付属病院外科部の看護師が、精神科教授の研究室で何の仕事をしていたというのか。

結花子が嘘をついているのは間違いなかったが、理由があるのかもしれない。だから、わたしは何も言わなかった。結花子に日比野を殺害する動機などない。そんなことをするはずがない。

本当にそうだろうか、という思いが胸に浮かび上がってきた。動機について、思い当たることがあった。

あの日、日比野はしつこく結花子を誘っていた。執拗、と言ってもいい。

欠点、ということではなく、結花子はノーが言えないタイプの女性だ。断わって不快にさせるより、自分が我慢すればいい、と考えてしまう。その分、ストレスが溜まっていただろう。

日比野は粘着気質で、オモチャを欲しがる子供のように、手に入るまで絶対に諦めない男だ。夏前から、何度も結花子を誘っていたが、ＬＳ以外でも電話やメールをしていたかもしれない。それは女性にとって不快な行為であり、恐怖を感じていたとしてもおかしくなかった。

怯え、怒り、苛立ち、そんな感情が彼女の中でずっと溜まっていたとしたら。そして、何かのきっかけでそれが爆発したら、どうなったか。

顔を上げると、岸辺がうなずいていた。同じことを考えているようだ。あり得ない、とわたしは首を小さく振った。

わたしたちが出て行った後、結花子は怒りを爆発させたかもしれない。もう止めてと叫んだか、いいかげんにしてと喚いたか。

それぐらいのことがあっても、不思議ではない。だが、日比野を殺すはずがなかった。怒りのため、衝動的に日比野を刺したというのであれば、わからなくもない。だが、ガソリンを用意し、放火して殺すというのは、結花子の性格を考えると、絶対にないと断言できた。

着信音が鳴り、失礼しますと樋口が席を立った。わたしたちは顔を見合わせ、それぞれ同時に視線を逸らした。

3

二時間後、わたしと岸辺、そして結花子は立原研究室のミーティングルームにいた。いつもと違うのは、日比野の席が空いていること、そして樋口と山茂、二人の刑事が座っていたことだった。

刑事というのも大変な仕事だな、と立原教授が眼鏡をシルクの布で拭いた。

「日比野くんの事件は放火殺人……つまり、犯人にとって日比野くんを殺害することが主目的であり、放火はその手段に過ぎない、と君たちは考えているわけだね？」

樋口が小さく肩をすくめた。隣に座っていた山茂警部補が、そういうことです、と短い足を組んだ。

「宮内静江の件は樋口に任せていましたが、日比野さんの事件は明らかな殺人です。そうなると、強行犯の刑事が動かざるを得ません。出戻りのようで恐縮ですが、詳しい事情を伺わせてもらえればと思いまして」

日比野くんの死は悼むべきことだ、と立原教授が電子タバコをくわえた。

「彼を殺した犯人を、一刻も早く逮捕してもらいたい。警察の仕事についても、理解しているつもりだ。今日は宮内の精神状態について検討する予定だったが、その前に君たちと話した方がいいようだな」

ではさっそく、と山茂が足を組み替えた。

「日比野さんについて、教授はどんな印象をお持ちですか？」

彼は優秀な心理学者だった、と立原教授が言った。

「文理学部心理学科の講師として教壇に立っていたが、週に一度、私のＬＳのために江古田キャンパスから板橋本町まで通っていたことからもわかるように、修学に熱意を持っていた。私も心理学科で教えているから、彼と話す機会は多かった。もともと精神医学に興味を持っていたし、それを心理学に応用したいと考えていたようだ。癖のある男だが、頭も良かったし、期待していたんだが……」

癖があるというのは、と山茂が尋ねた。ひと言で言えばACだよ、と立原教授が煙を吐いた。

「いわゆるアダルトチルドレンだ。我々精神科医の多くは、めったにこの言葉を使わないし、診断書にも記載しないが、彼の場合ACと呼ぶのが最もふさわしいだろう。日比野くんの性格を説明するためには、それが一番的確な表現だと思うね」

もう少し詳しくお願いします、と山茂がメモ帳を開いた。樋口とは違い、何でも手書きでメモを取る癖があるようだ。

両親、特に母親との関係性が過度に密だったんだろう、と立原教授が電子タバコのカートリッジをデスクに置いた。

「そのために彼は〝いい子〟を演じなければならなかった。他者からの期待に応えなければならない、という強迫観念もあったはずだが、すべてに対してというのは、誰にとっても無理な話だ。だから、常に不安を抱えていた」

「不安……ですか」

虚勢を張ったり、あるいは甘え、依存し、加害者になることもあれば、被害者となることもあった、と立原教授が言った。

「他人を支配しようとするが、それができないとわかれば従属する。これはACの特徴だ。癖があると言ったのは、恒常的にアイデンティティが不安定な状態にあるという意味で、それが悪いと言ってるわけじゃない」

つきあいにくい性格のようですねと言った山茂に、誰だって同じだ、と立原教授が皮肉な笑みを浮かべた。

「精神科医はACを病気と考えない。本来、ACとはアルコール依存、DV、偏愛、虐待、さまざまな意味で問題がある両親を持つ子供を指す。だが、理想的な両親の下に生まれた子供にだって、反抗期はあるだろう。まったくないのはかえって良くない、という意見も多い。そうだろう？」

顔を向けた立原教授に、その通りですとわたしはうなずいた。

「反抗期がない子供が増えているのは、公認心理師の間でも問題になっています。親子の関係が親密なのはいいとしても、度が過ぎれば不健全だという意見が、今では主流です」

理想的な親離れ、子離れというのは絵に描いた餅で、それぞれの個性にもよる、と立原教授が電子タバコを取り上げた。

「誰もが何らかの意味でACであり、それは病気と言えない。日比野くんにACの傾向が強かったのは事実だし、対人関係の距離感をうまく把握できないところもあった。だが、彼は彼なりに社会に適応しようと努力していた。私は彼を嫌いじゃなかったよ」

「子供にとって、両親との関係性は重要なんですね」

そう言った山茂に、当然だろう、と立原教授が顎髭に触れた。

「幼少期の体験がその後の人生に大きな影響を与えるというのは、フロイトやユング、そして現在の精神医学でも常識だ。三歳までの記憶を、基本的に人間は持たないが、忘れているということではなく、深層心理内に刻み込まれたまま放置されているだけだ。その無意識が人間の行動……いや、人生を管理、支配することもある」

立原教授の口調が、講義をする時のそれになっていた。メモを取る山茂の手の動きが早くなった。

幼少期の記憶が後の人生で大きな意味を持つことがあるというのは、現代では常識と言っていいだろう。精神科医、心理学者、カウンセラーのように、人間の心を扱う仕事をしていなくても、多くの者がそれを知っている。

医師として、心理学者として、立原教授はその才能を高く評価されているし、性格も温厚で人当たりも良かった。ただ、ひとつだけ欠点があった。話が長くなりがちなところだ。

知識が豊富で、世話好きと言っていいほど親切なため、簡単な質問に対しても懇切丁寧に答える。それは解説に近く、時には本筋から脱線してしまうことも少なくなかった。

本人にもその自覚はあるのだろう。二人の刑事が目を見合わせたことに気づいて、話が逸れたな、と苦笑した。

「要するに、山茂警部補の質問は、日比野くんを殺害した人間に心当たりはないか、そういうことだね？」

はっきり言えばそうです、と山茂がうなずいた。見当もつかない、と立原教授が首を大きく振った。

「彼の死が確認された後、文理学部の教授、講師、職員たちと話した。正直に言えば、彼を嫌っている者は少なくなかったが、それは好き嫌いの話で、嫌悪と憎悪は違う。ましてや、殺害するほどの憎しみとなると、そこまで強い感情を持つ者はいなかった。断言してもいい」

帝光大において、彼は誰とも濃密な人間関係を構築していなかった、と立原教授が話を続けた。

「一番親しかったのは岸辺くんだが、彼に日比野くんを殺す理由などない。むしろ、大学に入る前の交友関係の方が重要だと思うがね」

調べていますが、と山茂がボールペンを握った手で自分の肩を叩いた。

「高校を卒業して、十二年が経っています。多くの人がそうだと思いますが、社会人になれば昔の友人とは疎遠になりますからね。中学時代のクラスメイトなど、日比野さんと連絡を取り合っている者は何人かいましたが、年に一、二度会う程度だったそうです。過去に何があったのか、まだわかっていませんが、めったに会わないような人間を、あんな残酷な形で殺すでしょうか」

僕もそう思いますと言った樋口に、説明しただろう、と立原教授が電子タバコの先を向けた。

「中学、高校などではなく、それ以前……小学校、もっと幼い頃、何らかの出来事が起きていた可能性について考えるべきだ。他人からは些細なことにしか思えなくても、犯人にとって動機となり得た何かがあったとすれば、ガスのように溜まっていた殺意が爆発してもおかしくない」

「どういったことが考えられるでしょう？」

日比野くんのために、傷ついた者がいたのかもしれない、と立原教授が電子タバコをくわえた。先端の青い光が、ぼんやり灯った。

「虐め、侮辱、精神的あるいは肉体的苦痛。どんな意味であれ、屈辱的な体験を受けた者だ。この場合、日比野くんは加害者だが、自分が何をしたか、何を言ったのか、それさえ覚えていなかっただろう。被害者である犯人も、その記憶を封印していたはずだ。だが、偶然の再会というようなきっかけがあって、記憶が蘇ったのかもしれない。それが動機になったと考えれば、矛盾のない説明が可能だ」

「ですが……」

そうだ、と立原教授が渋い顔になった。

「その出来事は二人の間に起きたことで、何があったのか、他人にはわからない。本人だって覚えていなかったんだ。それを調べるのは、不可能に近いだろうな」

現状ではどうにもなりません、と山茂が肩をすくめた。

「そもそも、放火殺人は捜査が非常に難しいんです。今回、コーポは全焼していました。近隣家屋への延焼を防ぐため、消火が優先されましたが、大量の放水により、物的証拠のほとんどが流されています。コーポの住人も全員死亡しているので、目撃証言も期待できません。動機の面から捜査ができれば、と考えていたのですが……」

捜査に協力したいと思っているが、役には立てないようだ、と首を振った立原教授がわたしたちに視線を向けた。

「日比野くんの件は、ここまでにしよう。宮内静江の精神状態の検討を始める……先週の金曜、彼女が私を襲ったことは覚えてるね？」

もちろんです、と岸辺がうなずいた。忘れられるはずもなかった。

鎮静剤の注射によって、彼女は数時間ほど意識を失った、と立原教授がパソコンのキーボードに触れた。椅子に腰掛けている宮内の姿が、モニターに映った。

画面の端に12／16／16：52という数字があった。十二月十六日午後四時五十二分、今日、リアルタイムの彼女がそこにいた。

「あの後、彼女を付属病院の個室に入院させ、経過を観察している。警察の監視下にあることを除けば、食事、入浴、トイレ、睡眠、すべて他の入院患者と同じだ。ノートパソコンを与えたのは、本人の希望による。ペンやハサミなど、凶器となり得る物は一切渡していない。映像を見てほしい。何をしているかわかるか？」

キーボードで何か打っています、とわたしは言った。記事を書いているんだ、と立原教授が大量のプリントアウトをデスクに載せた。

「今朝、アメリカの大統領が日米安保条約の再見直しを考えている、という報道があった。彼女はパソコンに内蔵されているテレビでそれを見て、記事を書いた。読めばわかるが、文章に乱れはなく、分析も的確だ。ポイントを押さえ、事実を踏まえた上で、大統領発言の真意を論じている。私は政治に明るくないが、週刊誌にこの記事が載っていたら、興味深く読んだだろう」

「では、彼女の意識は正常だということですか？」

　結花子の問いに、そうではないと立原教授が首を振った。

「ライターとしては、正常と言える。ただし、宮内は今自分がどこにいるか、それさえわかっていない。おそらくだが、週刊誌の編集部にいると考えている。つまり、彼女は仕事として原稿を書いているんだ」

　信じられません、と岸辺がつぶやいた。人間の心は不思議なものだ、と立原教授が苦笑した。

「思い込みによって、自分の望む環境を脳内に描くことができる。彼女に見えているのは、編集部の光景だ。そこには編集者や、他のスタッフもいる。時々、彼女が手を振ったり、頭を下げているが、あれは挨拶をしているんだ」

　宮内の目には、その人達が見えているということですかと尋ねた樋口に、明日には会話するようになるだろう、と立原教授がモニターを電子タバコの先で軽く叩いた。

「土曜の朝から数えると、七本の原稿を仕上げている。政治、経済、芸能、ジャンルは関係ない。情報源になっているのはネットニュースとテレビで、そこからネタを拾い、原稿を書いているんだ。完成度も高い」

　でも、現状は認識していない、と岸辺が首を捻った。

「教授、これは……やはり心神喪失ということでしょうか？」

まだ断定できない、と立原教授が電子タバコのカートリッジを付け替えた。

「警察から、正式な精神鑑定の要請があった。明日、もう一度宮内の診断面接を行なう。滝本実について話すつもりだが、おそらく、彼女は何も覚えていないだろう。何の話ですか、と言うかもしれんな……山茂警部補、その場合警察はどう対処する？」

現段階では何とも、と山茂が空咳をした。そうだろうな、と立原教授が天井に向けて煙を吐いた。

4

「何の話ですか？」

ベッドに腰掛けたまま、宮内静江が微笑んだ。小さなテーブルを挟んで、立原教授が椅子に座っていた。

二人の間には三十代の制服警察官と岸辺が立ち、緊張した表情を浮かべていた。前回の診断面接で、宮内が立原教授を襲ったため、厳重な監視を警察が命じたと、事前に樋口から聞いていた。

十二月十七日、午後十二時十分。わたしと結花子はミーティングルームで、パソコンのモニターから、病室の映像を見ていた。

わたしの横に、樋口が座っていた。今日の診断面接では、警察側の担当を務めている。

少し表情が違いますね、と樋口が言った。

「何というか、憑き物が落ちたような……そうは思いませんか？」

結花子が小さくうなずいた。わたしも同じだ。宮内の表情は和らいでいたし、落ち着いた雰囲気だった。

とはいえ、気を緩めることはできない。前回も、彼女は唐突と言っていいほどの速さで態度を豹変させていた。

ほとんど予兆のないまま、彼女は立原教授を襲った。あの変貌ぶりは、目撃していたわたしたちでさえ、未だに信じられずにいた。

それは今日の診断面接に関わる全員が理解していた。そのため、宮内の左手首はベッドの手摺りに手錠で繋がれていた。

位置を固定しているので、彼女の右手は立原教授に届かない。テーブルを挟んでいるのも、岸辺と制服警察官が二人の間に立っているのも、不測の事態に備えるためだ。

前回の診断面接の際、彼女は右手首の骨を折り、左大腿部の筋を断裂している。部分断裂なので、足は動かせるが、右手はギプスで固定されていた。他人に危害を加えられるはずもなかった。

警戒は必要だが、神経質になり過ぎると、診断面接の結果にも影響が出かねない。ある意味では、その方が心配だった。

もっとも、立原教授もそれはよくわかっているのだろう。いつもより笑みが濃いのは、宮内をリラックスさせるためだった。

滝本さんのことは知っています、と宮内が口を開いた。

「同じ編集部で働いていますから……彼がわたしたちのことを話したんですか？　もう、恥ずかしいなあ……誰にも言わないでって約束してたのに」

「あなたと滝本さんの関係は？」

立原教授の質問に、交際していますと宮内が笑顔を向けた。

「彼から聞いてるんですよね？　それなら、隠していてもしょうがないですから、わたしも話しますけど……編集部で倒れたわたしを、彼が病院へ運んだのは、何となく覚えています。彼がわたしたちのことを話した理由もわかってます……そうです、お腹の赤ちゃんは滝本の子です」

ギプスをはめた右手で、宮内が自分の腹部を慈しむように撫でた。赤ちゃん、と樋口が額を押さえた。

「あの女は何を……滝本の子供を妊娠してると？」

想像妊娠でしょう、と結花子が言った。

「いえ、妄想妊娠と言うべきかもしれません……今、自分が置かれている状況を、彼女は認識しています。病室にいることも理解しているんでしょう。ですが、それには理由が必要です」

「理由？」

なぜ入院しているか、その理由です、と結花子がパソコンの画面に指を当てた。

「彼女が頭の中で作り上げたのは、編集部で貧血のために倒れた自分を滝本実が病院へ運んだ、というストーリーだと思います。妊婦が脳貧血でめまい、立ちくらみ、その他の理由で意識を失うことは、珍しくありません。水分補給、十分な休息によって症状は収まりますが、体調によっては入院することもあります。だから自分は病院にいる、と彼女は理由を組み立てたんでしょう」

でも、あの女は滝本を殺害していますと樋口が言った。

「その記憶は？　何も覚えていないと？」

記憶を書き換えたんです、とわたしは言った。それ以外、考えられなかった。

誰にでも、自分にとって都合の悪い記憶を書き換え、変換し、上書きし、時には削除する能力がある。パソコン上のデータと同じだ。

わたしの体調はそんなに悪いんでしょうか、と宮内が目を伏せたまま言った。

「面会謝絶と聞きましたが、大事を取ってということですか？　もちろん、病院の指示には従いますけど、彼と会いたいんです」

気持ちはわかります、と立原教授がボールペンでＢ５サイズの用紙にメモを書き込んだ。

「ですが、優先されるのはあなたの体調です。それはわかりますね？　あなたは低血圧で、数値も非常に低い。検査結果を見ましたが、低血圧症と言っていいと思います。治療が必要ですが、過去に医師から指摘されたことは？」

今回、宮内のストーリーに沿って対応する、と立原教授は決めたようだ。会話の流れは自然だった。

あります、と宮内がギプスをはめた右手で顔を押さえた。

「内分泌異常、甲状腺機能が低下していると言われたことも……それは彼に話していません」

低血圧症は治療の対象ですが、病気とは言えませんと立原教授が微笑みかけた。

「心臓や呼吸器、内分泌疾患など、原因がある場合は治療しなければなりませんが、ほとんどは〝血圧が低い健常者〟です。単純に言えば、高血圧の人より健康と考えられます。ただ、あなたの場合は神経疾患の可能性もあります」

「神経疾患？」

自律神経に原因があるのかもしれません、と立原教授が言った。

「いわゆる自律神経失調症ですね。正式な病名ではありませんが、その方がわかりやすいでしょう。過去に精神科、心療内科を受診したことは？」

ありません、と宮内が答えた。その後もいくつか関連する質問が続いた。

様子はどうです、と樋口が囁いた。特に何も、とわたしは首を振った。

前回の診断面接の際、質問を受けている間、宮内は自分の髪の毛を抜いていた。ある種の自傷行為で、強いストレスに晒された時、そういう行動を取る者は少なくない。

あの時、彼女は過剰なプレッシャーを受け、強い苛立ちを感じていた。そこから逃れるために、髪の毛を何本も抜くという自傷行為を行なったが、ストレスが爆発し、目の前にいた立原教授を襲った。

今、宮内の様子に変化はなかった。笑みこそ消えていたが、自律神経失調症と医師に言われて、笑っていられるはずもない。反応としては自然だった。

自律神経失調症には大きく分けて四つのパターンがあります、と立原教授がメモ用紙に二本の線を交差する形で引いた。

「生まれつき自律神経の働きが乱れやすい人もいます。真面目、几帳面、責任感が強い、神経過敏、要はストレスを抱え込みやすい性格の持ち主、ということです。自分ではどう思いますか？」

全部当てはまります、と宮内が苦笑した。

「真面目過ぎる、と友人から何度も言われたことがあります。今もそうです。家族や滝本さんにも、もう少しのんびりしてはどうか、と言われました。わたしもそう思ってるんですけど、性格なのでなかなか……」

「滝本さんとの関係はどうです？　ストレスになっていませんでしたか？」

まさか、と宮内が目を丸くした。立原教授、岸辺、そして立ち会っていた制服警察官が同時に顔を背けた。

何が起きたのだろう。カメラは立原教授と宮内、そして他の二人を映していたが、位置が固定されているため、パソコンのモニター越しでは、細かい部分までわからなかった。

「妊娠しているんですよ？　わたしたちは愛し合ってます。彼にストレスを感じたことなんて、一度もありません」

環境変化ということもあります、と立原教授が鼻の辺りを手で覆った。

「ストレスは主に人間関係から生じます。家族、夫婦、恋人、友人……親しければ親しいほど、心理的な摩擦は強くなります。あなたは滝本さんと交際していた。婚約もしたんですね？」

そうです、と宮内がうなずいた。妊娠、婚約、と立原教授が指を折った。

「女性にとって非常に重要な出来事が、立て続けに起きたわけです。環境変化はイコール人間関係の変化に繋がります。誰でもストレスを感じますよ。不安はありませんでしたか？滝本さんとの関係が良化した、あるいは悪化したことは？　自律神経機能の回復のためには――」

パソコンのスピーカーから、異様な音が聞こえた。宮内が凄まじい力で左手を引っ張り、腕の関節が脱臼を起こした音だった。

左腕が奇怪な形で伸び、宮内がギプスの先から出ていた右の二本の指でテーブル上にあったボールペンを摑んだ。次の瞬間、彼女がそれを自分の右目に深く突き刺した。

大量の血が立原教授と岸辺の顔に飛び散った。そのまま宮内がテーブルに顔面を強く打ち付けると、鈍い音がして、それきり動かなくなった。

椅子から転げ落ちた立原教授が、立ち上がれないままドアに手を伸ばした。顔を二の腕で拭った岸辺が、宮内の頭を持ち上げた。

ボールペンが眼球に埋まっていた。どろりとした血の塊が、顔面を伝って床に落ちた。

首筋に手を当てた岸辺が、静かに宮内の頭を元の位置に戻した。死んでいるのが、わたしにもわかった。

デスクを強く叩いた樋口が、ミーティングルームを飛び出していった。

5

付属病院のERに運び込まれた宮内に、医師たちが蘇生措置を試みたが、死亡が確認されたのは三十分後だった。右目から脳に食い込んだボールペンが内出血を引き起こしたことが死因となった、と連絡が入っていた。

ぼくの責任です、とミーティングルームに戻ってきた岸辺が深く頭を下げた。違います、と樋口が悔しそうな顔で言った。

「岸辺さんや立ち会っていた大河原《おおがわら》巡査の責任ではありません。万全の安全対策を取っていましたが、まさか肩や肘関節を自ら脱臼させるとは……今日の診断面接について言えば、宮内に予兆は一切ありませんでした。それは断言できます」

取り調べ中に被疑者、容疑者が自殺した例はありますと樋口が顔を伏せた。

「ただ、あんな形は初めてで……なぜ、彼女は自殺したんですか？」

わかりません、と背中を丸めた岸辺が空いていた席に腰を下ろした。

「今日の診断面接において、不穏な感じがなかったのは、立ち会っていたぼくが一番わかっているつもりです。終始、彼女は落ち着いていました。最後のあの瞬間を除けば、ですが……」

教授は大丈夫でしょうかと尋ねた結花子に、ショックだったようだ、と岸辺が瞼をこすった。指に赤い染みがうっすらと残っていた。

「今日は細心の注意を払う、と事前に教授自身も話していた。それなのに、あんなことが……今は個室で休んでいる。すぐ戻ると言っていたが……」

録画していた映像を、わたしたちは改めて最初から見直した。宮内が現実と妄想を心の中で混在させていたのは確かだが、そこには彼女なりの論理があった。その意味で、彼女は正常だった。

『不安はありませんでしたか？』

パソコンのスピーカーから、立原教授の声が聞こえた。

『滝本さんとの関係が良化した、あるいは悪化したことは？　自律神経機能の回復のためには——』

鈍い、大きな音。そして右手を伸ばした宮内が、摑んだボールペンを自分の目に突き立てた時の、何とも言えない粘りつくような音。

撮影していたのは、病室の端に設置されていたカメラで、映像はロングショットだった。左から立原教授、警察官、岸辺、宮内の順で、全員が映っている。あの瞬間まで、すべてが順調だった。

宮内の動きは、コマ落としのように速かった。何の躊躇《ちゅうちょ》もなく、手錠に繋がっていた左腕を強引に引っ張り、そのために肩、肘の関節が脱臼したが、痛みを感じていないのか、表情に変化はなかった。

右手を伸ばし、ボールペンを摑み、そのまま右目に深々と突き刺した。止《とど》めを刺すように、顔面をテーブルに打ち付けたが、彼女は自分の頭を金槌《かなづち》に、そしてボールペンを釘にしたのだろう。

わからない、と樋口が顔を上げて左右を見回した。

「今日の診断面接に、問題があったとは思えません。立原教授は宮内を刺激するような言葉を一切使っていなかった。そうでしょう？」

わたしと結花子は、交互にうなずいた。ぼくは三十センチも離れていない場所から宮内を見ていました、と岸辺が顔を両手で拭った。

「彼女の様子に、変化はありませんでした。まったく何もないまま、彼女は自分の左腕を破壊し、右目から脳に達するまでボールペンを深く突き刺した。それが……あの時起きたすべてです」

何もなかったのに、それまでとは違う行動を取った、と樋口がつぶやいた。

「しかし……何らかの理由があったはずです。なぜ彼女はあんなことを――」

沈黙が続いた。樋口の問いに答えられる者はいなかった。

わからないことがもうひとつあります、とわたしは岸辺に目を向けた。

「宮内が自殺を図る少し前、立原教授が宮内と滝本の関係について聞いていました……ここです」

キーボードに触れると、立原教授の声が流れ出した。

『滝本さんとの関係はどうです？　ストレスになっていませんでしたか？』

キーボードから指を離すと、立原教授、岸辺、警察官が同時に顔を背けた瞬間の静止画像が、モニターに映った。

「何があったんです？　どうして三人はこんな――」

臭いがしたんだ、と怯えたような声で岸辺が言った。

「あの時、宮内の体から凄まじい悪臭がした。温めた酢に腐った卵を混ぜたような……それがぼくたちを襲ったんだ」

「襲った？」

わかってる、と額に指を押し当てたまま、岸辺が呻いた。

「そんなことあるはずがない。臭いが人間を襲うなんて、物理的にはあり得ないことだ。だけど、明らかにあの臭いは意志を持っていた。それは……敵意だ。信じられないだろうけど、あの時宮内の体から発散された臭気には、凄まじい敵意があった」

絶対だと言った岸辺の顔が、真っ白になっていた。

「顔を背けたのは、身を守るためだった。危険を感じれば、誰でも反射的に姿勢を低くするだろう？　あれと同じだ」

立ち会っていた大河原巡査も同じことを言ってました、と樋口が深く息を吐いた。

「異常な悪臭に、強い恐怖を感じたと……ただ、その後すぐに臭いは消えたそうです。もうひとつ、その臭気が宮内の体から発していたとは思わなかった、と話しています。ベッドの上にエアコンがありますが、空調の故障だと思ったと……」

研究室のドアが開き、立原教授が入ってきた。表情こそ固かったが、態度は落ち着いていた。

「声が聞こえたが、例の臭気についてだね？」自分の席に座った立原教授が、コーヒーを頼むと言った。「確かに異様な臭いだった。不快、というレベルじゃない。吐き気がしたほどだ。ただ、正体はわかっている」

「何です？」

樋口の問いに、腋臭だ、と立原教授が顔をしかめた。

「三十年近く医師という仕事に就いているが、精神科には自臭症の患者が多い。口臭、体臭など、自分の体が異常に臭いと思っている者だ。強迫性障害の一種で、ほとんどの場合、それは思い込みに過ぎない。実際に口が臭い、体が臭いわけではないんだ。だが、稀に本当に強い体臭を持つ者が来ることもある。その九割以上が腋臭によるものだ」

あれは腋臭のレベルではありませんでした、と岸辺が言ったが、間違いない、と立原教授が手を振った。

「腋臭は腋臭症、病気のひとつだ。症状が軽ければアルコール消毒で対応できるし、最近ではボトックス注射で発汗を抑制し、臭いを抑える治療法もある。ただし、どちらも永続的な効果は期待できない。患者が希望すれば、腋臭の原因となるアポクリン腺切除、その他手術を行なうこともある。私も形成外科や美容外科に何人も患者を紹介しているが、宮内も腋臭症だったんだろう」

そうでしょうか、と岸辺がため息をついた。

「教授は数回にわたり、彼女と面接していますよね。その時、あんな臭いがしましたか？

この数日、ぼくは看護師と一緒に何度か彼女の病室に入っていますが、臭気を感じたことはありません」

それは精神科の領域だ、と立原教授が結花子のいれたコーヒーに口をつけた。

「腋臭の原因は、腋にあるアポクリン腺から分泌される汗だが、単純に言えば臭気は発汗量に比例する。わかりやすい例だが、腋臭治療のため病院へ来る患者が最も多いのは夏だ。加えて、発汗量は精神状態によって左右される。極端な緊張下にあれば、誰でも発汗量は増加する」

「確かにそうですが……」

「あの時、宮内は何らかの理由によって緊張し、そのため大量の汗を分泌した。それが強烈な腋臭になっただけだ。それ自体は自然な反応だよ」

問題はなぜ緊張したかですと言ったわたしに、その通りだ、と立原教授が大きくうなずいた。

「だが、それについても答えがある。君たちもモニターで見ていてわかったと思うが、宮内は現実と妄想の狭間にいた。自分の中で、その二つの整合性を取ろうとしていたが、私の質問が、彼女の心の脆弱《ぜいじゃく》な部分を衝いてしまった。現実を取るか、妄想を取るか、彼女の中でアンビバレントな感情が生まれ、そのため瞬間的に強く緊張したと考えれば説明がつく」

医師である岸辺、看護師の結花子より、わたしの方がクライアント、あるいは患者の心の動きについて詳しい。

彼ら、そして彼女たちは、精神的に過度な反応を示すことがある。経験を積んだ公認心理師でも、予測不能な状態が生じる。今回のケースでは、それが極端な形で現れた、ということだろう。

彼女は滝本実を愛し、同時に憎んでいた、と立原教授が言った。

「状況によって、無意識のうちに彼女はそれを使い分けていた。矛盾があるのは、本人も自覚していただろう。何が決定的なポイントになったのか、それは今後検討する必要があるが、彼女が自ら命を絶ったのは、その矛盾を解決できなくなったためだと考えられる」

仮にそうだとしても、と岸辺が顔を両手で覆った。

「ぼくが気づいていれば、彼女を死なせることはありませんでした。……すべてはぼくの責任です」

それは違う、と立ち上がった立原教授が岸辺の肩に手を置いた。

「今のは後付けの理屈に過ぎない。彼女があんな行動に出ることは、あの瞬間まで誰にも予想できなかった。警察官にもわからなかったんだ。君に責任はない」

開き直った言い方に聞こえるかもしれないが、私の責任でもない、と立原教授が座り直した。

「誰にも止めることはできなかった。もちろん、責任問題にはなるだろう。だが、映像を見れば、私たちにも警察にも非がなかったことは証明できる。断言するが、責任は宮内本人にあったんだ」

気にするな、と立原教授が岸辺に微笑みかけた。スマホを手にした樋口が、ミーティングルームを出て行った。

6

精神鑑定中に犯人が自殺したというのは、事故というレベルではなく、はっきりした不祥事であり、警察、そして病院の責任が問われる。今回のケースでは、樋口刑事、そして立原教授がその対象だった。

警察という組織について、わたしは詳しくない。だから、樋口にどのような処分が下されるのかわからなかったが、立原教授に関しては、それほど心配していなかった。

本人も言っていたが、あの映像を見て立原教授の責任を問う者はいないだろう。突発的な不慮の事故、としか言いようがない。

それはわたしたちも同じで、嫌な言い方になるが、宮内静江の診断面接を見学していた立原LSの研究生、というだけの立場でしかなかった。

ただ、岸辺は違った。彼は現場にいたし、位置的に宮内と最も近かった。

止めることができたはずだ、という自責の念があるのは、憔悴《しょうすい》しきった顔を見ればすぐにわかった。

立原教授も話していたように、岸辺に責任はない。あの位置に他の誰がいたとしても、宮内の自殺は阻止できなかっただろう。

ただ、宮内を手錠で拘束したのは、警察と立原教授の協議による決定だが、案を出したのは岸辺だった。彼が責任を感じるのは、やむを得ない。

わたしが彼と話し、慰めるべきだったが、それはできなかった。宮内の自殺に関して、警察の事情聴取を受けることになったためだ。

順番は一番先だったが、詳しく状況を説明するには、それなりに時間がかかった。母の介護があったので、岸辺を待っている時間はなかった。志村坂上のマンションに戻ったのは、夜九時過ぎだった。

事情聴取の直前、母に電話をして、病院で事故が起きたので遅くなると伝えていた。気をつけて帰りなさいと母が言ったが、トラブルがあったのは理解したようだった。

玄関のドアを開けると、おかえり、という声が聞こえた。心配していたのが伝わってくるような、温かい声音だった。

寝室に入ると、母がいつものようにベッドに横になっていた。テレビの画面にアニメ映画が映っていたが、見ていたわけではないのだろう。

遅くなってごめんね、とわたしは母の上半身を起こした。

「お腹が空いたでしょ？　途中、コンビニで買い物してきたから、すぐ温めるね」

大丈夫よ、と母が微笑んだ。昔と同じように、優しい目だった。

母の気分は、日によってむらがある。認知症といっても、いわゆるまだらぼけで、丸一日黙っている日もあるが、普通に会話をすることもあった。今日は調子がいいようだ。

レンジで温めたお弁当とペットボトルのお茶を母の膝に載せ、部屋着に着替えた。スマホが鳴ったのはその時だった。

「すいません、樋口です。今日のことをお詫びしようと思いまして……」

いえ、とわたしは首を振った。気遣ってくれるのはありがたいが、今は母のことで手一杯だった。

口にしなかったが、母がオムツを替えてほしいと思っているのはわかっていた。自分ではトイレに行けないので、朝からオムツをつけている。それを言い出せないのは、実の娘でも恥ずかしいという思いがあるからだろう。

今、母の世話をしているので、とわたしは小声で言った。

「樋口さんの方が大変なのでは？　立原教授も心配していました。樋口さんが責任を取ることになるんじゃないかと……」

何とも言えません、と樋口が苦笑する声がした。

「宮内静江の診断面接を依頼したのは、刑事部捜査一課の第五強行犯八係で、個人名で言えば山茂警部補です。僕は立ち会いを命じられていただけですし、その指示も山茂警部補から出ています。処分の内容は、まだわかりません……今、ご自宅ですよね？　お母様と話せますか？」

母とですかと言ったわたしに、確認のためです、と樋口が遠慮するように声を低くした。

「日比野さんの放火殺人事件について、捜査本部は関係者全員のアリバイを調べています。形式上のことなんですが、あの日あなたが自宅にいたと証明するために、お母様の証言が必要で……」

わかりましたと答えて、わたしは寝室に入った。どうしたの、と母が怪訝そうな表情を浮かべた。

ＬＳの日比野さんが亡くなったことは話したよね、とわたしはスピーカーモードにしたスマホを差し出した。「お母さんにはそれ以上言わなかったけど……日比野さんは殺されたの」

スマホを見つめた母が、険しい顔になった。

「先週の金曜日、わたしが家にいたことを確認したいと刑事さんが言ってるの」

わかった、と母がスマホに口を近づけた。

「もしもし、白崎亜矢《あや》の母でございます。刑事さんと聞きましたが……」

申し訳ありません、という樋口の声がスピーカーから聞こえた。

「警視庁の樋口巡査長です。お加減が悪いと伺っていますので、手短に済ませます。先週の金曜日、十二月十三日ですが、お母様はご自宅におられましたか？」

足が動かせませんので、と母が答えた。その日ですが、と樋口が言った。

「白崎さん……娘さんも自宅に？」

いましたよ、と母がうなずいた。

「間違いありません。十三日の金曜日で、縁起が悪いと思ったので、よく覚えています。娘は夜の八時過ぎに帰宅しました。あたしは両足の骨を折ってしまって、歩くことができないんですよ。本当のところ、娘には迷惑をかけっ放しで、食事はもちろん、家事も含め、世話をすべてしてもらってるんです。情けない母親で、申し訳ないといつも……」

お母さん、とわたしは首を振った。すみませんねえ、と母がスマホに向かって頭を下げた。

「テレビでニュースを見ていた時、娘が帰ってきました。そうです、NHKの……食事やらトイレやら、それからシャワーも娘にしてもらいました。疲れていたんでしょう。ソファでうたた寝していたのを覚えています。起こすとかわいそうなので、声はかけませんでした。娘のスマホが鳴ったのは、夜中の十二時頃だったと思いますけど、あの時はあたしも半分眠っていたので……大学のお知り合いが亡くなったとか、そんなことを言っていたように思います。殺されたという話は、今、聞きました。何があったんです？」

お母さん、とわたしは母の手からスマホを取り上げた。年を取ると話が長くなるのは誰もそうだが、これ以上樋口を付き合わせても意味はない。

「失礼しました」スピーカーから樋口の声が流れ出した。「白崎さん、すいません。あくまでも形式上のことで……気を悪くしないでください」

樋口さんこそ、とわたしは言った。

「母が話した通り、わたしはあの日家にいました。居眠りしていたのも本当です」

確認のためですから、と樋口が笑う気配がした。

「やっぱり母娘《おやこ》ですね。声がよく似てますよ」

よく言われます、とうなずいた。中学に入った頃、叔母からかかってきた電話に出た時、母と勘違いして夫が浮気していると訴え、泣き出したことがあった。自分ではわからないが、声質が似ているのだろう。

「実は、電話したのはもうひとつ理由があるんです」樋口の声が少し低くなった。「明日の午前中、カウンセリングルームに伺っても構いませんか？　相談というか、確認したいことがあるんです」

スケジュールを調べると、クライアントの予約が九時と十時に入っていた。その後は会議が昼まで続く。午後は樋口の予定が詰まっているという。

断わってもよかったが、樋口の声の様子で会って話した方がいいと思い、少し早いが朝八時にカウンセリングルームで待っていますと伝えた。助かります、と樋口がほっとしたように言った。

「その後、日比野さんの件はどうなってますか」寝室から出て、リビングの椅子に座った。

「犯人はわかったんですか？」

「日比野さんのコーポの近くで、不審な女性を目撃した者がいたのは、話しましたよね」

聞きました、とわたしはペットボトルのお茶をひと口飲んだ。日比野さんの事件を担当しているのは捜査一課第五強行犯八係です、と樋口が言った。

「僕は宮内事件に限定して、コールドケース班と八係に両属し、捜査に加わっていますが、日比野さんの件は担当外なので、詳しいことはわかりません。ただ、その女が何らかの形で日比野さん殺しに関係しているのでは、という意見が捜査会議で上がっているそうです。可能性はある、と僕も思っています」

「なぜです？　現場近くに不審な女性がいたのが事実だとしても、事件と関係があるかどうか、それはわからないのでは？」

目撃者の証言通りだとすれば、と樋口が声のトーンを落とした。

「その女の特徴は雨宮リカとよく似ています。瓜二つと言ってもいいぐらいで、身長が高く、痩せていること、長い黒髪、服装もそうです。警察が宮内静江を逮捕し、立原教授に他の未解決事件との関連性について意見を聞いた直後、日比野さんが殺害されたというのは……偶然とは思えません」

「樋口さんは、その女が雨宮リカだと……そう考えてるんですか？」

何とも言えません、と樋口が囁くように言った。あり得ません、とわたしはスマホを強く握った。

「頭部を撃たれても死ななかった人間は少なくない、と前にも話しましたが、それでも五パーセントに過ぎません。青木刑事は十二発撃ったんですよね？」

六発が首から下、六発は頭部です、と樋口が言った。

「青木は査問委員会で、その事実を認めています。自分がリカを殺したと証言しましたが、リカの死亡を確認していないことは、後から現場に駆けつけた他の刑事たちも認めています。青木は重傷を負った梅本の救助を優先して、リカを撃った後、すぐに現場を離れていたんです」

それはわかります、とわたしはうなずいた。

「正式な死亡確認は、医師にしかできません。でも、十二発です。脳機能に損傷がなかったとしても、出血多量で死亡したと考えられます。日比野さんのコーポの近くに、雨宮リカとよく似た女がいたのは事実かもしれませんが、リカのはずがありません。リカは死んでいるんです」

常識的にはそうです、と樋口が言った。

「ただ、リカの死体が消えているのも確かなんです。前にも話しましたが、リカの検死を担当した医師は検死報告書、その他カルテ等を病院から持ち出したまま、行方不明になっています。リカに脅されたためと考えれば、合理的な説明ができます。病院に到着した後、意識を取り戻したリカが逃亡した可能性はあるんです」

考えられません、とわたしは首を振った。

「十二発撃たれた人間が歩き、動き、逃げることは不可能です。日比野さんのコーポ付近に不審な女がいたこと、外見的な特徴がリカと酷似していたのは、別の理由があるはずです。例えば、リカの心理に感染した者だったのかもしれません。その人物が日比野さんを殺したとすれば……目撃者はその女の顔を見ていないと言ってましたよね？」

そうです、と樋口が言った。女だったのでしょうか、とわたしはスマホを持ち替えた。

「女性的な体型の男性もいます。ワンピースを着ていたから女性だ、と目撃者は思い込んだのかもしれません。いずれにしても、女性であれ男性であれ、それがリカだったはずはないんです」

山茂警部補と話しますと言って、樋口が電話を切った。手の中のスマホを見つめていたわたしの背中を、冷たい汗が伝っていった。

7

夜十一時半過ぎ、またスマホが鳴った。着信表示に岸辺の名前があった。

母が眠っているのを確かめてから電話に出ると、疲れた、という低い声が聞こえた。

「参ったよ。君が帰ってからも、警察に宮内のことをしつこく聞かれて……」

心配してた、とわたしは言った。あの時、病室にいたのは立原教授と宮内、警察官、そして岸辺の四人だけだった。

わたしと結花子、そして樋口はミーティングルームでモニターを見ていたが、病室のカメラから送られてくる映像だけでは、わからないこともあった。警察としても、そこは岸辺に質問するしかなかっただろう。

「宮内の様子はどうだったか、表情に変化はあったか、言動に不審な点はなかったか……そんなことを聞かれたって、答えようがない。見ている限り何もなかったのは確かだけど、あの女が何を考えていたかなんて、わかるはずないじゃないか。ぼくは教授に命じられて、立ち会っていただけなんだ」

いつ帰ったのと尋ねると、一時間ぐらい前だと岸辺が答えた。いつもとは違い、どこか口調が乱暴で、酒を飲んでいるようだった。

「ずっと、電話を待ってたのよ。あなたに話を聞くのは最後になるって、警察の人が言ってた。何時に終わるかわからないとも……それは仕方ないんだろうけど、終わったら電話をくれると思ってた」

君までぼくを責めるのか、と舌打ちする音がした。

「それどころじゃない。警察はぼくが宮内を殺したと言わんばかりだった。彼女のことを見ていなかったのか、何か兆候はなかったか、どうして自殺を止められなかったのか……あの女を止めるなんて、そんなことできるはずないだろう。君だって、わかってるはずだ」

もちろんそうよ、とわたしはうなずいた。

「宮内が自殺する気配はなかった。あなたの責任じゃない」

そりゃそうさ、と岸辺が乾いた笑い声を上げた。

「突っ込んでくる車を止めろって？　そんなことできると思ってるのか？　それどころじゃなかった。ぼくは、ぼくは……」

声に涙が混じっていた。あなたのせいじゃないと繰り返したが、もう駄目だ、と岸辺が大声で叫んだ。それは悲鳴だった。

「警察は立原教授やぼくに、責任を押し付けようとしている。態度を見てれば、それぐらいわかるさ。そりゃそうだろう、あいつらは責任を取りたくないんだ。警察なんて、そんなもんだよ」

やけになったような口調だった。わたしはスマホを強く握った。

岸辺に何と言えばいいのか、わからなかった。下手に慰めるようなことを言っても、彼には届かないだろう。

それだけじゃない、と岸辺が怒鳴った。

「宮内を手錠で拘束するという案を出したのは岸辺くんだ、と立原教授が言ったそうだ。教授の事情聴取をしていた刑事に聞いた。何もかもぼくのせいにして、逃げるつもりなんだ」

でも、と言いかけたわたしに、わからないのか、と岸辺が更に大きな声を上げた。

「前回のような事故が起きたらまずい、と言ったのはぼくだ。それは認める。あの時は教授が手を二針縫っただけで済んだけど、もっと酷いことになってもおかしくなかった。予防策を講じるのは当然だろ？　事前の打ち合わせでは、宮内を拘束するべきだと刑事たちも言ってたんだ」

「あなたは間違っていない。ただ——」

宮内の状態から考えれば、拘束衣を着せたり両手を固定するわけにはいかない、と岸辺が吐き捨てた。

「そんなことをしたら、あの女は質問に答えなかっただろう。手錠を使ってはどうかと提案したのは、ひとつの意見として言っただけで、決めたのは警察と教授なんだ。それなのに……」

落ち着いて、とわたしは異常なほど早口になっている岸辺を制した。

「あなたが言ってることは正しい。わたしにはよくわかる。宮内は正常と異常のボーダーライン上にいた。診断面接は被験者の心理が安定した状態で行なわれるべきで、拘束衣を着せるなんて論外よ。手錠で拘束するというのは、現実を考えるとベストな選択だったとわたしも思ってる」

　わかりきった話だ、と岸辺が唾を吐く音がした。そんなことをする男ではない。よほど動揺しているのだろう。

「警察が立原ＬＳに責任転嫁しようとするのは、絶対に間違ってる。だけど、立原教授はあなたに責任を押し付けようとしていない。言ってたでしょ、気にするな、責任を感じる必要はないって――」

　あんなのは建前だ、という岸辺の声に重なって、何かを叩く音がした。金属音が何度も続いた。

「前からわかってた。教授はそういう人だよ。学長や理事長と話して、自分の立場を正当化しようとするに決まってる。犠牲になるのはぼくさ」トカゲの尻尾切りだ、という声と同時に、ガラスが割れる音が聞こえた。「あの人の腹の中は透けて見える。全部ぼくに押し付けて、お払い箱にするつもりなんだ」

　そんなことないと言ったわたしに、もうぼくは終わりだ、と甲高い声で岸辺が笑った。耳を塞ぎたくなるような声だった。

「来期になったら、付属病院から追い出されるだろう。どんな病院も、トラブルメーカーのぼくを雇ってはくれない。ぼくは後期臨床研修を終えたばかりで、すべてはこれからだった。それなのに……」

それから二時間以上、岸辺の愚痴が続いた。わたしは辛抱強く彼の話を聞き、慰め、励ました。

医師は聖職であり、先生と呼ばれることからもわかるように、社会的地位が高い職業だ。だが、その立場は世間が思っているほど安定していない。むしろ、不安定ですらあった。岸辺のような大学病院の勤務医は、人生そのものを大学、あるいは病院に支配されている。一度のミスが命取りになるし、先輩や上司の機嫌を損ねたり、嫌われたらそれでキャリアは終わりだ。

大学病院を辞めて、個人病院で働いたり、開業することは可能だが、岸辺は帝光大付属病院の内科部で、エリートと言っていい。雇われているだけの医師になるのは、プライドが許さないだろう。

開業するには資金が必要だが、岸辺の父親は普通のサラリーマンだ。とてもそんな余裕はない。

岸辺は優秀な医師だが、今回の件で帝光大付属病院における彼のキャリアが事実上閉ざされたのは、認めざるを得なかった。愚痴につきあう以外、わたしには何もできなかった。

岸辺の愚痴は執拗だった。慰め、力づけるのが恋人であるわたしの務めだとわかっていたが、何を言っても怒鳴られるだけだ。泣き、怒り、喚き、荒れるばかりで、手のつけようがなかった。

わたし自身、疲れていた。宮内の自殺を目の当たりにしたショックも残っていたし、母のために無理を重ねていたこともあった。

愚痴には、ネガティブなエネルギーがある。気がつくと、わたしはそれに呑み込まれていた。話を聞き、相槌を打つだけでも、魂が削り取られていくようだった。

呪詛に似た言葉を吐き散らしている岸辺に、母のトイレに付き添うと言って、電話を切った。深夜二時になっていた。

8

樋口がカウンセリングルームへ来たのは、翌朝八時ちょうどだった。時間に正確なのは、刑事という職業柄なのだろう。

宮内の自殺について、警察は記者会見を開き、精神鑑定中突発的に起きた不慮の事故、と発表していた。そのためか、予想よりニュースとしての扱いは小さく、新聞、テレビの論調も警察や病院を非難するものではなかった。

とりあえず本部長注意で済みました、と椅子に腰を下ろした樋口が苦笑を浮かべた。警察内での処分としては重い方だと言うが、本人に気にする様子がなかったので、わたしも少し安心した。

カウンセリングルームの自動販売機で買っていた缶コーヒーを勧め、わたしは自分のタンブラーの蓋を開いた。ミルクティーの匂いがかすかに漂った。

手の中で缶コーヒーを転がしていた樋口が、何度かまばたきを繰り返した。確認したいことがあると電話で言ってましたね、とわたしはミルクティーに口をつけた。

いろいろ考えているんですが、と樋口が缶コーヒーのラベルに目をやった。

「どうもまとまらなくて……白崎さんのことが頭に浮かんだんです。確認と言いましたが、話を聞いてくれるんじゃないかと……」

それが仕事ですから、とわたしは言った。公認心理師の仕事の九割以上は、クライアントの話を聞くことだ。心の声、と言った方がいいかもしれない。

公認心理師を含め、いわゆるカウンセラーの多くは、ただクライアントの話を聞き続ける。脈絡なく話し出す者もいるし、時には一時間のセッションの間、ひと言も話さない者もいた。

それでも話の方向を決めたり、促したり、強引に聞き出すようなことはしない。自らの意志で話す言葉が、クライアントにとっての真実だからだ。

挨拶や天気について話し、場の雰囲気を和らげることはあるが、それもクライアントの緊張をほぐすだけの意味でしかない。リラックスできる環境を整えることが、最も重要だった。

樋口はクライアントではないが、話すことで考えをまとめようとしているのは、電話の声や雰囲気でわかっていた。本人の中で、整理できていない何かがあるのだろう。わたしにできるのは、彼が話し出すのを待つことだけだった。

「日比野さんのコーポが放火された時のことなんですが」しばらく黙っていた樋口が、唐突に口を開いた。「目撃者の証言を確認したんです。外見のことに頭がいってましたが、もうひとつ重要なポイントがあって……臭気です」

続けてください、とわたしは言った。宮内が自殺する直前、と樋口が缶コーヒーのプルトップを開けた。

「立原教授、岸辺さん、警察官、三人が同時に顔を背けたのを、僕と白崎さん、羽島さんはモニターで見ています。後でわかったのは、あの時三人が異様な臭気を嗅いでいたことです。彼らは事情聴取でも同じ証言をしています」

ゆっくり話してください、とわたしはタンブラーに手を掛けた。

「無理にまとめようとしないで、頭に浮かんだ考えをそのまま伝えるつもりで……目撃された女と宮内静江が悪臭を放っていたことが、偶然ではないと？」

雨宮リカに関するキーワードのひとつが臭いです、と樋口がコーヒーをひと口飲んだ。

「リカは中野区内の私立病院に勤務していましたが、当時の同僚によると、いつもということではありませんが、怒ったり興奮すると、リカの周りに凄まじい悪臭が漂ったそうです。以前、立原教授も話していましたが、緊張、動揺、その他感情の変化によって、発汗量が多くなり、それに比例して腋臭の臭気が強くなると……」

樋口が缶コーヒーをテーブルに置いた。

「……羽島さんも、腋臭持ちですよね」

結花子に独特な体臭があるのは、前からわかっていた。ただ、それが腋臭なのか、他に原因があるのか、聞いたことはなかったし、聞くつもりもなかった。

女性同士がお互いの体臭について触れるのは、タブーと言っていい。少なくとも、本人に直接言うことは絶対にない。女性にとって、最大の屈辱だからだ。

特に、体質的な体臭は、その多くが何らかの病気に起因し、医学的な治療が必要となる場合もある。病気が理由なら、体臭を指摘するのはある意味で差別発言だ。女性にとってデリケートな問題だから、それには触れないのが暗黙のルールだった。

少し彼女の経歴を調べてみました、と樋口がスマホの画面をスワイプして、メモを開いた。

「今、二十八歳……来年の二月で二十九歳だそうですね。実家が広尾にあったことは、前にも話しましたよね？　当時の住所がわかったので、行ってみたんです」

「どうやって調べたんです？」

これでも刑事ですから、と樋口が鼻の頭を指でこするようにした。彼女が広尾生まれなのは知っています、とわたしは言った。

「でも高校を卒業した時、八王子に引っ越したと……」

雨宮リカがストーキングしていた男性を拉致し、監禁したのは羽島さんが六歳の時です、と樋口が乾いた声で言った。

「異常かつ猟奇的な事件で、あまりにも残虐な犯行だったため、報道にも制限がかけられました。ですが、広尾近辺では、誰もが事件について毎日のように噂していたそうです」

「……それで？」

「六歳だった羽島さんが、事件についてどこまで理解していたかはわかりませんが、大人の噂話が断片的に耳に入ったことはあったでしょう。その中には、事実と憶測が混じっていたはずです。さまざまな情報が、彼女に何らかの影響を与えたとしてもおかしくありません」

「何が言いたいんです？　羽島さんがリカの心理に感染して、人を殺していると？」

そうは言ってません、と樋口が首を振った。

「ですが、彼女の高校時代の友人によると、クラスメイトの中には〝クサコ〟と陰で呼んでいた者がいたそうです。僕が話を聞いた元看護師も、時々体臭がきつくなることがあったと話していました。雨宮リカに興味を持つ環境にいたこと、腋臭持ちであること、その二点で羽島さんは犯人の条件を満たしているんです」

もうひとつ、名前のことがあります、と樋口が先を続けた。

「バスの運転手だった羽島さんの父親は、過失で事故を起こし、乗客三十名が亡くなりました。それ以上詳しいことは白崎さんにも話していませんでしたが、飲酒運転だったんです」

「飲酒運転？」

百パーセント本人の過失です、と樋口が顔をしかめた。

「それが報道されたため、被害者家族を中心にバッシングが起こり、羽島さん本人や母親の名前、住所、顔写真、あらゆる情報がネット上で晒されました。両親が離婚し、八王子で暮らすようになったのも、そのためです」

「そんなことが……」

家裁が改名を認めたのは妥当な判断です、と樋口がうなずいた。

「犠牲者の遺族の中には、妻と娘を殺すと脅迫状を送り付けてきた人もいたんです。危険だと考えるのは当然で、そのために改名せざるを得なかったわけですが、羽島さんの母親によると、結花子という下の名前を決めたのは、羽島さん本人だったそうです」

その頃には高校を卒業していたんですよね、とわたしは樋口の目を見つめた。

「十八歳です。本人の意志で名前を決めても構わないのでは？」

雨宮リカの妹の名前は結花《ゆか》です、と樋口がわたしの目を見返した。結花子を疑っているのは明らかだった。

「要点を整理しましょう。羽島さんが六歳の時、雨宮リカが事件を起こし、家が近かったため、彼女は詳しい事情を知り得る立場にいました。立原教授も指摘していましたが、それは犯人の条件のひとつです。リカに結花という妹がいたことも知っていたはずですが、猟奇殺人犯の妹の名前を自分の名前にするのは、おかしいと思いませんか？　何らかの形でリカの影響があったとしか考えられません」

「……羽島さんは体臭が強く、腋臭持ちの可能性があります」体形も雨宮リカとよく似ています、とわたしは言った。「それも雨宮リカの心理に感染していたためかもしれません。成長期前なら、心理的な要因で体形が変化する例は珍しくないんです。でも……」

「でも？」

羽島さんが日比野さんを殺したとは思えません、とわたしは強く首を振った。

「もし犯人だったら、わたしや岸辺さんも態度で気づいたはずです」

率直に言いますが、と樋口が肩をすくめた。

「僕は早い段階から、羽島さんについて調べていました。コールドケース班で担当していたため、リカの生家がある広尾に何度行ったか、自分でも覚えていないほどです。あの辺りは昔からある住宅街で、住人もそれほど変わっていません。父親が過失事故を起こしたために八王子へ引っ越していましたが、羽島という家族が住んでいたこと、娘の名前が結花子だったことは知っていたんです。顔を見たのは最初に立原ＬＳに行った時ですが、体形、臭気、どちらもリカの特徴と一致していたことで、何らかの関係があったのではないかと……立原教授の心理感染説も、その裏付けになりました。生まれ育った環境、改名後の名前、不審に思うのは、刑事なら誰でもそうでしょう」

樋口の視線が鋭くなっていた。わたしはタンブラーのミルクティーをひと口飲んだ。

「日比野さんが羽島さんに好意を持っていたこと、それを彼女が不快に思っていたことは、樋口さんも調べ済みなんですよね？」

無言で樋口が頭を掻いた。どこにでもある話です、とわたしは言った。

「好きでもない男性に好意を示されても、女性としては迷惑なだけです。日比野さんは粘着気質でしたし、ある種のセクハラ被害を受けていたのは確かですが、だから殺したというのは短絡的過ぎると……」

日比野さんの携帯電話の通信記録を調べました、と樋口が顔を近づけた。

「セクハラと白崎さんは言いましたが、彼が毎日羽島さんに何回電話をかけ、何通のメールを、あるいはＬＩＮＥを送っていたか知っていますか？　セクハラどころか、ストーカーレベルです。警察に相談してもおかしくないほどでした。あなたが思ってる以上に、彼女は悩んでいたんです」

「つまり……動機はあったと？」

「動機だけではありません」

僕は素人ですが、と樋口が残っていたコーヒーを飲み干した。

「彼女の父親はアルコール依存症でした。何らかの形で子供を虐待していた可能性が高いのは、統計上の事実です。それが彼女の心を歪めた。そうは考えられませんか？　彼女が雨宮リカの心理に感染しやすい状態にあったと考えるのは、間違っていますか？」

わかりません、としか答えられなかった。素人と言っているが、樋口もそれなりに心理学や精神医学について調べたのだろう。言葉に重みがあった。

結花子への疑念は、以前からわたしの中にもあった。彼女は日比野のことをわたしや岸辺に相談していたが、男性の岸辺には理解できなかったことが、わたしにはわかっていた。

彼女は日比野のことを単に迷惑な存在と思っていたのではない。嫌っていたのでもない。強く憎んでいた。

もうひとつ、結花子に残酷な一面があることも知っていた。医学部キャンパスに迷い込んできた野良猫に農薬入りの餌を食べさせて殺したり、高齢の入院患者の介助を故意に怠り、骨折させたという噂もある。

気に入らない患者の食事に汚水をかけて食べさせた、という話を聞いたこともあった。外科部の看護師たちの間で、評判が悪いのは事実だ。

それでも、とわたしは首を振った。彼女が日比野を殺害したとは思えなかった。単なる殺人ではない。コーポに放火し、無関係な住人まで殺している。

日比野への憎悪があったとしても、そこまでするだろうか。人間なら、そんなことはできないはずだ。

雨宮リカは人間ではありません、と樋口が囁いた。

「化け物、悪魔、幽霊でもない。あの女の中にあるのは、悪意と憎悪だけなんです」

わたしたちは顔を見合わせ、同時に目を逸らした。何も言う気になれなかった。

今日は帰りますと立ち上がった樋口が、岸辺さんから連絡はありましたか、と尋ねた。昨夜遅くに電話がありました、とわたしはテーブルの空缶をゴミ箱に捨てた。

「ひどく混乱していて……宮内の自殺を自分の責任だと感じていたのだと思います。酔って電話してくるなんて、今まで一度もありませんでした。彼に電話をしたんですが、留守電に繋がるだけで……力になりたいと思ってますが、今はどうしたらいいのか……」

そっとしておいた方がいいでしょう、と同情するように樋口が言った。そうかもしれません、とうなずいた時、樋口のスマホが鳴り出した。

9

『〈帝光大の医師、自殺か?〉

12月18日午前6時頃、大久保駅、東中野駅間の線路で、走行中の電車が男性をはねるという事故があった。中野中央署によると、運転手が線路上で横たわっている人影を見つけ、急ブレーキをかけたが、間に合わなかったという。乗客に負傷者はなかった。中野中央署は男性が自ら線路内に入った可能性があるとみて、状況を調べている。死亡したのは帝光大学付属病院に勤務する内科医、岸辺和雄さん(30)。この事故で総武線および中央線が一時運転見合わせとなり、およそ50万人に影響が出た。中野中央署は事故と自殺の両面から捜査している(十二月十八日、東洋新聞夕刊)』

Heart 4
DID
（解離性同一性障害）

1

岸辺が総武線大久保駅近くの線路で轢死《れきし》したのは、十二月十八日早朝だった。免許証を所持していたため、同日朝八時に警察から帝光大に連絡が入ったという。

ただし、この時点で死んだのが岸辺本人だとは確認されていなかった。電車に轢かれた男性が、頭部をレールに載せていたためだ。

電車の車輪は男性の頭部、腕、足を粉砕し、死体はいくつものパーツに分断され、特に顔は人相さえ識別できないほど酷い状態だったと後で聞いた。

免許証を持っている、イコール本人とは限らない。警察としても確認が必要で、帝光大に連絡が入ったのはそのためだった。

わたしと会っていた樋口のスマホが鳴ったのは、礫死したのが岸辺らしい、という連絡だった。樋口がそれをわたしに言わなかったのは、情報が未確認だったためで、樋口の中にも信じられないという思いがあったのだろう。

その後の調べで、指紋、ＤＮＡ等から轢死体が岸辺だと確認された。帝光大学付属病院外科部を通じ、立原教授、そしてわたしと結花子に岸辺の死が伝えられたのは、同日の夕方四時だった。

それからしばらくの間、わたしの記憶は欠落している。立原教授から直接電話があったことだけは覚えているが、そこから先は完全な無だった。

わたしと岸辺は交際していた。母のこともあって、デートもままならなかったが、お互いに愛し合い、信じ合っていた。

はっきりと言葉にはしていなかったが、二人とも結婚を視野に入れていた。喪失感は大きく、何をする気にもなれなかった。

いつ、どうやって自宅に帰ったか、それも覚えていないが、わたしのスマホが鳴り続けていたことだけは、うっすらと記憶がある。だが、出ることはできなかった。

翌朝になって、留守番電話を確認すると、立原教授、同僚、友人知人たちから、心配している、連絡が欲しい、というメッセージが残っていた。

その頃には、岸辺の死がテレビのニュースで流れていたと思う。岸辺の名前や帝光大付属病院内科医、といった情報も含まれていたが、詳報はなかった。

留守番電話のメッセージをすべて聞いてから、立原教授に連絡を入れた。内科部長の出水《でみず》教授と共に岸辺の遺体を確認した、というメッセージが残っていたので、詳しい事情を知っているのはわかっていた。

朝七時過ぎだったが、立原教授が大学に出ていると聞き、母の朝食の用意だけをして、そのまま大学へ向かった。研究室のミーティングルームに入ったのは八時だった。

そこには結花子をはじめ、付属病院の同僚の医師、職員たちが数人いた。本来なら岸辺が勤務していた内科部が中心になって対処するべきなのだろうが、出水教授が家族への対応役を務めていたため、立原教授が大学内の窓口になったと説明があった。

「ショックだったろう」肩を抱くようにして、立原教授がわたしを椅子に座らせた。「私たちも驚いている。まさか岸辺くんが自殺するとは……彼は前途有望な医師だった。残念に思っている」

彼はどこにいるんですかと尋ねたわたしに、付属病院の霊安室に安置している、と立原教授が言った。

「修復作業中だから、今は会わない方がいい」

その意味は理解できた。わたしのような公認心理師、そして心理カウンセラーやセラピストで、ある程度の経験がある者なら、自殺したクライアントを持っていてもおかしくない。

それは精神科医、心療内科医も同じだ。

自殺を試みる者の中には、電車に飛び込むケースも少なくない。轢死体が凄惨な状態になるのは、誰でも知っているだろう。

岸辺は線路を枕にするような形で横たわっていたという。顔面に数十トンの重量がかかったのだから、原形を留めているはずもない。修復作業中とは、千切れた顔の肉を縫い合わせているという意味だった。

「今も言った通り、彼の死は自殺だ」結花子が運んできたコーヒーを、立原教授がテーブルに置いた。「これは警察の公式見解で、状況から考えても間違いない。自殺は変死扱いになるから、解剖に回されたが、体内から多量のアルコールが検出された、と連絡があった。簡易検査だから正確ではないが、数値は〇・四から〇・五パーセント。かなり酔っていたようだ」

宮内の件が原因でしょうかと尋ねると、他に何があると立原教授が顔をしかめた。

「あれは彼の責任ではなかった。私も警察もそう考えていたし、本人にも伝えている。だが、岸辺くんが受けたショックは、私たちが思っていたより大きかったようだ。実は、昨夜彼から電話があってね……警察の事情聴取が終わった後だったから、九時か十時か、それぐらいだと思う。普段は礼儀正しい男だが、口調も声音もいつもとまるで違っていた。酔っていたんだろう。助けてください、と何度も言っていた」

「……何と答えたんです？」

力になるつもりだと言った、と立原教授がコーヒーに口をつけた。

「くどいようだが、宮内の自殺について、岸辺くんに責任はない。私も、警察も、予防策を取っていたんだ。だが、常識では考えられない方法で彼女は自殺した……誰も君を責めていないと言ったが、彼は私が何を言っているか、それさえわからないようだった。彼の気持ちは理解できるつもりだ。率直に言うが、後悔している。彼が電話を切った時、すぐ私からかけ直すべきだった。岸辺くんの自殺は、私にも責任がある」

「わたしにも電話がありました。もっと遅い時間です。酷く酔っているのが、声や言葉遣いでわかりました」

「彼は何と？」

医師としてのキャリアが終わったと言っていました、とわたしは答えた。

「二時間ほど、同じ話を繰り返していましたが、わたしこそもっと話を聞くべきでした。酔っている間は何を言っても伝わらないと思って電話を切りましたが、あれが最後になるなんて……」

わたしの目から、涙がひと筋こぼれた。君との電話の後も酒を飲み続けていたんだろう、と立原教授がため息をついた。

「彼は眠ることさえできなかったはずだ。将来を悲観し、自殺するしかないと思い詰めたのか……死に場所を探すため、夜明け前に家を出たんだろう。今さら何を言っても遅いが、彼の絶望を理解するべきだった」

どうして大久保だったんでしょう、とわたしの隣に結花子が座った。強い香水の匂いがした。

「岸辺さんが住んでいたのは、御茶ノ水のマンションですよね？　自殺するために部屋を出たというのはわかりますが、御茶ノ水から大久保までは距離があります。帝光大医学部キャンパスがある板橋本町とか、縁のある場所ならわかりますが、どうして大久保だったのか……」

精神的に追い詰められた人間の行動は予測し難い、と立原教授が電子タバコを取り出した。

「大久保を目指していたというより、歩き続けているうちに、大久保に出たと考えるべきだろう。個人的な思い出があった場所なのかもしれない。確認していないが、徒歩だったとも言い切れない。まだ電車やバスは走ってなかっただろうが、タクシーを使えば十分、二十分で着く距離だ」

そうかもしれません、と結花子がうなずいた。岸辺くんは一時的に強い鬱状態に陥っていたと考えられる、と立原教授が言った。

「鬱状態にある者が、不可解な状況下で自殺する例は多い。心の中に膨れ上がった負のエネルギーが、彼らを突き動かす。しかも、彼は酔っていた。どんな行動を取っても不思議ではない」

それより心配なのは白崎くんだ、と立原教授がわたしに顔を向けた。

「君と岸辺くんは交際していた。私にとっても岸辺くんの死は辛いが、君の比ではないだろう。力になれることがあるなら、何でも言ってほしい。遠慮はいらない」

大丈夫です、とわたしは立ち上がった。

「すいません、母のことが気になるので、一度戻ります。今はどうしていいのか……自分でもわかりません。また連絡します」

通夜は二十一日だ、と研究室のドアまでわたしを見送りに出た立原教授が囁いた。

「彼の実家がある越谷市の斎場だと聞いた。詳しい時間や場所は、メールで知らせる」

よろしくお願いしますと頭を下げて、研究室のドアを開いた。振り向くと、心配そうな表情を浮かべた立原教授と結花子がわたしを見つめていた。

2

岸辺の通夜が埼玉県越谷市の斎場で営まれたのは、彼が死んだ三日後のことだった。

彼がわたしのことを両親に話していないのは知っていた。それに対する不満はなかったし、三十歳の男性が交際相手についていちいち報告するのも、おかしな話だろう。

ただ、この時ばかりは、話しておいてくれればと思った。通夜に集まっていたのは、彼の両親を含めた親戚たち、そして小学校から大学までの友人、帝光大付属病院の同僚等、百人ほどだったが、彼の両親はわたしのことを知らない。友人の一人、仕事の関係者ぐらいにしか思っていないだろう。

岸辺がわたしのことを伝えていたら、紹介してくれていれば、三十歳という若さで亡くなった息子のため、目を腫らして泣いている両親を慰めることもできたはずだ。だが、今のわたしはその立場にない。

悔やむしかなかったが、言っても始まらない。焼香の列に加わり、手を合わせて冥福を祈る以外、できることはなかった。

岸辺は性格も明るく、リーダーシップもあった。多くの友人が来ていたが、誰もが彼の死を悲しんでいた。

「日比野くんの葬式は密葬だったからな」頭を下げて焼香の列から離れたわたしに、立原教授が近づいてきた。「彼の場合、殺されたわけだから、通夜も何もなかった。それにしても、立て続けに私の研究生が二人も亡くなってしまうというのは、残念でならない。まだ若かったのに……」

大学の研究員、医師という仕事は、どちらも四十代になってその真価を発揮することができる。これからだったのに、と立原教授がつぶやいたが、その気持ちはよくわかった。

LSを解散しようと思ってる、と眼鏡を外した立原教授が、鼻の付け根を指で揉むようにした。

「君と羽島くんには申し訳ないが、いずれにせよ来年の三月には終了するはずだった。少し早いが――」

「なぜです？　わたしは続けたいと思っていますが……」

現実を考えると、そうもいかない、と立原教授が深く息をついた。

「宮内の診断面接も、あんな形で終わってしまった。大学からも、今期のLSを終了した方がいい、と暗に言われている。二人の死はLSと関係ないが、大学が体面を気にするのはやむを得ない。来年の四月から新たなLSを始めるつもりだ。良かったら参加すればいい」

「羽島さんは……何か言ってますか？」

結花子は病院のシフトの関係で、通夜に来ていなかった。明日の告別式に参列する、と本人からLINEが入っていた。

「私に任せると言っていた。彼女は付属病院を辞めるつもりらしい」

日比野が死んだ後、仕事を辞めたいと外科部の同僚に結花子が漏らしていたのは、わたしも噂で聞いていた。

（まさか）

日比野の事件について、結花子が何らかの形で関与している、と樋口が疑っているのはわかっていた。日比野を殺したという確証はないようだが、周辺を調べていると、樋口本人も言っていた。このタイミングで病院を辞めるというのは、樋口の動きに結花子が気づいたからなのか。

「……日比野さんのコーポの近くで、不審な女性が目撃された話は、先生もご存じですよね？」

警察から聞いた、と立原教授がうなずいた。痩せた、背の高い女だったそうです、とわたしは言った。

「長い黒髪で、きつい体臭があったと……外見が羽島さんと似ていることもあって、樋口さんが調べていると聞きました。でも……彼女が日比野さんを殺すなんて考えられません」

あり得ない、と立原教授が苦笑した。

「そんなルックスの女性はいくらでもいるだろう。その女が雨宮リカとよく似ている、と樋口刑事は言っていたが、偶然に過ぎない。目撃者は女の顔を見ていないんだ。体つきだけで疑いをかけていたら、大学内だけでも千人単位で容疑者が浮かんでくるだろう」

「それなら、どうして羽島さんは病院を辞めるんです？　何か理由があるんですか？」

辞める必要はないと思っているが、と立原教授が眼鏡を掛け直した。

「それは個人の考え方だからね……本人が辞めたいと言ってるんだ。止めることはできない」

ＬＳを続けてください、とわたしは頭を下げた。

「公認心理師として、まだ自信がありません。先生に教えていただきたいことが、たくさんあります。立原ＬＳの研究生が二人も死んだことを、ある種の不祥事と大学が考えるのは理解できますし、やむを得ないとも思いますが、どうしてもＬＳを終了しなければならないということなら、個人的に教えていただくことはできませんか？」

何とも言えない、と立原教授が肩をすくめた。

「私個人の意見より、大学側の方針が優先される。教授といっても、結局は大学に雇われている身だ。指示には従うしかない」

通りかかった帝光大医学部の老医師が、大変だったなと声をかけてきた。ため息をついた立原教授が、声をひそめて話し始めた。

失礼しますとだけ言って、わたしはその場を離れた。結花子が付属病院を辞めることを、樋口に伝えておいた方がいい。バッグからスマホを取り出し、指で画面をスワイプした。

3

二日後の昼、樋口と会うために板橋本町駅近くの喫茶店へ行った。カウンセリングルームで話すようなことではない、という思いがわたしの側にあった。

十二月二十三日、クリスマスイブ前日ということもあって、喫茶店の窓にイルミネーションが飾られていた。昔からある古い店なので、あまり似合っていない。どちらかと言えば、不釣り合いだった。

ドアを押し開けて店に入ると、奥の席にいた樋口が立ち上がった。隣に山茂警部補が座っていた。

山茂が同席するのは、事前に聞いていた。日比野の事件は放火殺人なので、捜査の指揮を執っている山茂に詳しい話をしてほしい、と樋口から言われていた。

階級、年齢、経験、すべて山茂の方が上だし、特例としてコールドケース班と強行犯八係に両属しているが、樋口には山茂への配慮があるのだろう。上を立てなければならないのは、どこも同じだ。

彼から話は聞きました、と山茂が太い親指を樋口に向けた。

「羽島さんが病院を辞めるというのは、本当ですか？」

直接本人から聞いたわけではないんです、とわたしは首を振った。

「岸辺さんの通夜で、立原教授から聞きました。羽島さんとは先週会いましたが、その後は話していません。ただ、辞めるつもりなのではないか、と思ってました。そんな感じがした、というだけのことなんですけど……」

辞めてどうするつもりなのかな、と山茂が首を傾げた。

「いや、看護師ですから、どこでも働けるでしょうし、聞いた話ですが、最近は看護師不足が深刻で、どこの病院も困ってるそうですね。その意味で不安はないでしょうが、帝光大付属病院といえば、全国的にも有名です。給料や待遇だって、悪くないでしょうし、安定という意味では大概の病院より上だと思いますが」

　辞めるメリットがあると思うか、と問われた樋口が、それはわかりませんと苦笑を浮かべた。

「人間関係とか、そういうこともあるでしょう。ストレスのある職場で働きたくないというのは、誰でも同じだと思います。ただ、気になるのは……日比野さんの事件との関連性です」

　言いたいことはわかってる、と山茂がコーヒーに口をつけた。

「羽島結花子が潜在的に雨宮リカの影響下にあり、そのため迷惑行為……要するにストーカー化していた日比野を排除しようと考えた。そうだな？」

　そこまでは言ってません、と樋口が肩をすくめた。店員が運んできたミルクティーをわたしの前に置いた。

　羽島さんが何か知っているのではないか、と我々が考えているのは事実です、と山茂がわたしの方を向いた。

「彼女のアリバイははっきりしていませんし、九時頃家に帰ったと事情聴取で話していましたが、それも怪しい節がありましてね……あの日、彼女が深夜遅くに帰宅したのを、同じマンションの住人が見ているんです。とはいえ、夜中でもコンビニに行ったり、外へ出ることはあるでしょう。アリバイがないというだけで、容疑者扱いはできません」

参考人として引っ張ってはどうですと樋口が言ったが、そんなことできるわけない、と山茂が苦い表情を浮かべた。

「彼女は日比野のストーキングを不快に思っていた、つまり動機はあった。そしてアリバイはない。だが、それだけでは警察としても動きようがない。ただ……白崎さんは違います」

あなたは警察官じゃありませんからね、と山茂が微笑んだ。「意見を伺おうと思って来たんですが、どうなんでしょう、羽島さんについて、何か思うところはありますか？　病院の関係者にも話を聞いていますが、親しい人はいなかったようです。同じ立原LSにいるあなたの方が、詳しいのではないかと思ってるんですが」

樋口さんにも話しましたが、とわたしはミルクティーに砂糖を入れた。

「付属病院のカウンセリングルームに、公認心理師として勤務しています。彼女は看護師で、職場そのものが違います。広い意味で言えば、同じ病院に勤めていますけど、それほど親しいわけでは……」

ですが、同じLSに所属していますよね、と山茂が一本だけ飛び出していた眉毛を抜いた。どこかユーモラスな仕草だった。

「今年の四月からだそうですが、研究生は四人、男性二人と女性二人です。我々の感覚ですと、女性同士で仲良くなるんじゃないかと……研究生はそれぞれのスキルアップのためにLSに参加するそうですが、強制されて入ったわけではないんですよね？　それも含め、付属病院の医師や看護師より、プライベートな意味ではあなたの方が親しかったんじゃありませんか？」

「ずいぶん……詳しく調べてるんですね」わたしはスプーンでミルクティーを掻き混ぜた。

「彼女の性格であるとか、もっと深い部分を聞きたいということでしょうか？」

そういうことになります、と山茂が左右に目をやった。

「私が直接彼女に会ったのは二回……いや、三回かな？　いずれにしても、一対一で話したのは、日比野さんの事件の後に事情聴取をした時だけで、ああいう場で人間性なんてわかるもんじゃありません。無口でおとなしい方という印象がありますが、LSではどうでしたか？」

積極的なタイプとは言えません、とわたしは言った。

「最初に断わっておきますけど、わたしは彼女の友人のつもりですし、彼女の側もそう思っているはずです。積極的ではなかったと言いましたが、そういう性格だ、というだけの話に過ぎません。立原LSは立原教授、岸辺さんの二人が医師で、日比野さんは講師でしたから、看護師という立場を考えると、あまり意見を言えなかったのは、ある意味で当然だと思います」

「あなたは違うと聞いていますが」

以前から、立原教授は精神医学と心理学の融合について研究していました、とわたしはうなずいた。

「この二つはまったくジャンルが異なりますが、重複する部分もあります。今年のLSのテーマは集団心理で、公認心理師であるわたしや、心理学科講師の日比野さんの意見を取り入れたい、というのが立原教授の考えでした。そのために発言する機会が多くなりましたが、それだけのことです」

友人が少なかったのも、彼女の性格が関係していると考えられますか、と山茂が尋ねた。それはわかりません、とわたしはティーカップに口をつけた。

「病院の同僚に聞いた方がいいのでは？　あるいは学生時代の友人とか……さっきも言いましたが、わたしと彼女は週に一回、立原LSで顔を合わせるだけの関係でした。山茂さんがおっしゃったように、LSメンバーの中で女性は二人だけですから、必然的に親しくなりますし、友人だと思っていますが、そこまで深いつきあいではなかったんです」

では率直に言いますが、と山茂が座り直した。

「病院内で、彼女の評判は決して良くありません。いや、正確に言えば、医師たちからの評価は高いんです。看護師としての知識、能力もあり、有能と評したドクターもいました。理解力も高く、判断も的確で、下手な医者より医学的な知識もあるそうです」

「それは……わたしは部外者なので、よくわかりません」

患者のことを安心して任せられたという医師もいました、と山茂が言った。

「トータルで言えば、羽島さんの年齢で、あれほど優秀な看護師はいない、ということになります」

うなずくしかなかった。職場自体違うし、公認心理師と看護師は比較の対象にすらならない。看護師としての結花子の仕事ぶりを見たこともなかったので、それ以上何も言えなかった。

ですが、同僚の看護師たちからは、なかなか厳しい意見もありましてね、と山茂が腕を組んだ。

「医師がいる時は気が利くし、フットワークも軽い。ですが、看護師だけになると、露骨に態度が変わる。特に患者さんへの対応が酷い、と言っていた方が多かったですね。高齢者、子供などに対して、厳しく当たることがあったそうです。立場の弱い者に対して、ということになるんでしょうか……大きな声では言えませんが、虐待に近い行為もあったようです。

ご存じでしたか？」

　噂は聞いたことがあります、とわたしは言った。山茂は結花子について詳しく調べているようだ。下手にかばっても、意味はないだろう。

「看護師はストレスが溜まりやすい仕事です」わたしはミルクティーに砂糖を足した。「だから許されるというわけではありませんが、弱い立場の患者さんに、フラストレーションをぶつけてしまうことがあったという話を聞きました。でも、どんな看護師でも、似たようなところはあるはずです」

「友人が少ないのも、そのためだと？」

　何とも言えません、とわたしは顔を伏せた。

「看護師という仕事の実態を、わたしは知らないんです。ただ、患者さんへの対応について、個人差があるのは当然だと思います。あえて厳しい態度を取る、ということもあるでしょう。責任も重く、肉体的にも負担のかかる仕事です。逆に、患者さんの中には、看護師に対してわがままになったり、甘える人もいます。白衣の天使といいますけど、感情的になることがあっても、不思議ではないと思いますが」

　五年ほど前、老人ホームの介護士が、施設にいた三十人以上の老人を殺害した事件がありました、と山茂が天井に目を向けた。

「今も裁判は続いていますが、犯人は反省することもなく、自分がしたことは正当だったと主張しています。乱暴にまとめれば、殺したのは老人たちのためだったと……理屈になっていないのは誰でもわかりますが、本人は真剣でしてね。あの事件のことはご存じでしょう？」

ニュースで見たぐらいですと答えたわたしに、公認心理師として、犯人の心理を理解することはできますか、と山茂が質問した。

「なぜ犯人が老人たちを殺害したのか、その心理的な要因は何だと思います？」

犯人の中に歪んだ怒りがあったのだと思います、とわたしは言った。

「あの事件の犯人は、大学生の時から介護士を目指し、資格を取得した、と新聞で読んだ覚えがあります。仕事にも熱心に取り組んでいたそうですが、彼が考えていた理想と現実はまったく違っていた。その乖離《かいり》によって、ストレスが異常に高まり、凶行に及んだ……これはカウンセリングルームの上司の意見ですが、わたしもそう思っています」

羽島さんはどうでしょう、と樋口がわたしの顔を覗き込んだ。頭を掻いた山茂が、諦めたように横を向いた。しきりに店内を見回し、洟《はな》をすすっていたが、口を聞くことはなかった。

羽島さんが日比野さんのストーキングに悩まされていたことは、他からも証言がありました、と樋口が言った。「相談を受けた、と数人の医師が話しています。あなたや岸辺さんもそうでしたよね？　仕事上のストレスに加え、毎週一回顔を合わせなければならないLSの研究生から執拗に誘われ、電話やメールを一日に何度も送られたら、彼女はどうしたと思います？」

それは仮定の質問です、とわたしは首を振った。一般論として聞いています、と樋口が言った。

「あくまでも参考意見として伺っています。羽島さんが、ということではなく、女性ならどうでしょう？」

個人差があり過ぎて、回答にならないと思いますが、とわたしは前髪を直した。

「ひとつのストレスに対してなら、人間は耐性を持ち得ます。ですが、複数のストレスが重なると処理できなくなるのは、男性も女性も同じでしょう。普通なら、周囲の友人や同僚に相談したり、何らかの形でストレスを発散しようとするはずです。ただ、瞬間的にその人が持つストレス耐性の臨界点を超えてしまうことはあると思います」

「つまり？」

耐性の臨界点は人によって違います、とわたしは言った。

「環境的なこともあります。体調が悪くて、いつもなら我慢するところを堪《こら》え切れなかったとか、そういうことです。多くの場合、ストレスに晒されている人は被害者意識を強く持ちますが、限界を超えると反対に攻撃性が強くなります。攻撃することによって、ストレスをなくすことが目的なので、その対象は誰でも構いません」

宮内静江、と樋口がつぶやいた。彼女はその典型例と言っていいと思います、とわたしはうなずいた。

「彼女も仕事や人間関係、その他さまざまなストレスを抱え込んでいたはずです。フリーライターだった彼女の立場は不安定で、メンタルが弱っていたと考えられます。立原教授もそれはわかっていたはずですが、予想より彼女の心は脆かったんでしょう。質問されること自体が、彼女の心を傷つけていたのかもしれません。だから、目の前にいた立原教授を襲ったのだと思います」

羽島さんも同じような精神状態にあったとは考えられませんか、と樋口がコーヒーに口をつけた。

「ストレスの強さがどの程度だったか、警察にも調べることはできません。ですが、同僚の看護師、患者などからの評判が悪かったのは事実で、それは本人もわかっていたでしょう。とても真面目な人でした、と学生時代の友人が話していましたが、それだけにストレスにも弱かったのでは？　そのために日比野さんを――」

臆測に過ぎない、と山茂が制した。

「……白崎さん、改めて伺いますが、羽島さんという女性について、どう思っていますか？」

女性の友人が少なかったのはその通りです、とわたしは答えた。

「彼女が周囲の女性たちから浮いていたのは……本人の性格に起因すると思います」

「性格？」

女性によくあるタイプです、とわたしは唇をすぼめた。

「医師たちが彼女を高く評価しているというのは、よくわかります。彼女は男性の前と女性の前で、態度というか……人格そのものが一変してしまうんです。本人が意図してのことではありません。無自覚のまま、男性に媚《こび》を売る……嫌な言い方ですが、そういうことです。男性の受けは良くなりますが、女性からは……でも、男性が思っているより、そういう女性はずっと多いんです。彼女だけが特別というわけではありません」

なるほど、と山茂が首を左右に振った。

「確かにそういう女性は少なくありません。男性と女性の前で声のトーンや喋り方が変わる者は、警察にもいますよ。だから悪いと言ってるわけじゃありません。あれは本能的な何かなんでしょう」

それもありますが、多くは学習ですとわたしは言った。

「自分にとってメリットかデメリットか、それを察知するのは本能ですが、どちらがよりメリットがあるかは、学習によって判断されます。樋口さんから聞きましたが、彼女の父親は過失で事故を起こし、大勢の人を死なせたそうですね」

話したのかと言った山茂に、顔を伏せたまま、樋口がコーヒーにミルクを注ぎ足した。辛かったはずです、とわたしもミルクティーを飲んだ。

「自分の責任ではないのに、いわれのない非難を浴びたこともあったのでは？　人間は誰もが防衛本能を持っています。どうすれば大人に守ってもらえるか、彼女としては考えざるを得なかったでしょう。結果として、男性に従った方がメリットが大きいと学んだ。そういうことではないかと……」

もう一度、羽島さんに会ってみるかな、とスマホに目をやった山茂が、樋口の肩を叩いた。

「先に戻るぞ。例の放火殺人の件で、新たな目撃者が出たと連絡があった。今、似顔絵作成の準備をしている。その前に、本人から話を聞いておきたい」

うなずいた樋口が、もう少しいいですかとわたしに視線を向けた。失礼しますと軽く頭を下げた山茂が、喫茶店を出て行った。

山茂が店を出てから、しばらく黙っていた樋口が、警察は岸辺さんの解剖をしています、と低い声で言った。

4

「その際、判明したことがあります」

「何でしょう？」

体内の血中アルコール濃度です、と樋口がスマホのメモを開いた。

「体質にもよりますが、酒に強い人、弱い人がいます。まったく飲めないという人も……白崎さんはどうです？」

ほとんど飲みません、とわたしは首を振った。

「コップ一杯のビールで、顔が真っ赤になってしまいます。もともと、好きじゃないんです。岸辺さんはお酒が好きで、飲み会にもよく顔を出してましたけど」

ビールの中瓶一本、日本酒一合で、血中アルコール濃度は〇・〇二から〇・〇四パーセントになります、と樋口が数字を言った。

「それぐらいだと、判断力が少し低下する程度で、本人も酔っている自覚がありません。他人が見てもそうでしょう。血中アルコール濃度は、飲酒量に比例します。ビール二本で〇・〇五から〇・一パーセント、三本になると〇・一一から〇・一五。岸辺さんの血中アルコール濃度は〇・五八でした」

「はっきり覚えてませんが、先日立原教授は〇・四から〇・五パーセントぐらいだったと言ってました。かなり酔っていただろうと……」

それは簡易検査の結果です、と樋口がメモをスワイプした。

「〇・五八というのは、ビールで言えば中瓶十本以上、日本酒なら一升、ボトルのウイスキー一本を飲んだ時に検出される数値です。通常、それだけの量を飲めば、昏睡期と呼ばれる状態になります。意識を喪失し、起こしても目覚めません。酷い時には失禁することもありますし、脳のマヒが広がると呼吸中枢が危険な状態となり、最悪の場合は死に至ります」

「急性アルコール中毒ですね」

異常に酒に強い人間がいるのは事実です、と樋口がうなずいた。

「ただ、血中濃度〇・五八というのは……どんなに酒に強い人でも、歩くことさえままならなかっただろう、というのが医師の意見でした」

「……つまり？」

状況から考えて、岸辺さんの死は明らかな自殺です、と樋口が喫茶店のドアに目をやった。

「ですが、不自然な点があるのも事実です。大学時代の友人や内科部の医師たちに確認したところ、岸辺さんは酒好きだったが、決して強いわけではなかった、ということでした。あなたは彼と交際していて、一緒に飲みに行ったこともあったと思いますが、その辺りはどうでしたか？」

彼はわたしがお酒に弱いのを知っていました、とわたしは答えた。

「レストランや居酒屋などへ行ったことは何度もありますけど、軽くワインを飲んだり、それぐらいでした。合わせてくれていたんだと思います。本当はどれぐらい飲めるのか、それはわかりません」

大学生の頃は、かなり無茶な飲み方をしていたようです、と樋口が言った。

「酔い潰れた岸辺さんを、家へ送り届けるのが大変だったという話も聞きました。それにしても血中アルコール濃度〇・五八というのは、異常な数値です。急性アルコール中毒で死亡してもおかしくありません」

「それは……樋口さんは何を言いたいんです？　岸辺さんが酔っ払ってわたしに電話をかけてきたのは、声を聞いただけでもわかりました。呂律《ろれつ》も回ってませんでしたし、喚いたり怒鳴ったり……でも、お酒を飲んで何もかも忘れたいと考えたのは、無理ないと思います。宮内の自殺を止められなかったこと、それによって医師としてのキャリアに大きな傷がついたこと、どちらも彼にとって大きなショックだったはずです。酔い潰れるまで飲み続ける他に、何ができたと？」

極度の絶望状態にあった岸辺さんが、大量の飲酒をしたというのはわかりますが、と樋口が言った。

「数値から考えると、彼は泥酔どころか、意識さえなかったはずです。御茶ノ水から大久保まではは約七キロ、岸辺さんが最後に話したのはあなたでした。彼のスマホに通話時刻が残っていましたが、通話が終わったのは十二月十八日午前二時十二分、その後彼はマンションを出て、七キロの距離を歩き、大久保に出たことになります。通常の状態であれば、二時間ほどで着いたかもしれませんが、意識さえなく、歩くことはおろか、立つことさえできない状態だった岸辺さんが、大久保へ行ったとは考えられません」

タクシーに乗ったのではと言ったわたしに、考えにくいですね、と樋口が自分の肩を叩いた。

「岸辺さんの部屋に、ビールの空き缶やウイスキーのボトルが残っていました。部屋で飲んだ証拠です。意識もなく、歩くこともできない人間が、どうやって外に出たと？　タクシーを停め、大久保まで行ってくれと頼んだ？　意識を喪失した人間に、そんなことはできませんよ。そもそも、彼に大久保へ行く理由はないんです」

「それは……どういう意味です？」

　岸辺さんが大久保へ行ったのは、自分の意志ではなかったということです、と樋口が言った。

「現段階で、タクシーで移動した可能性は、否定できません。警察は公式に岸辺さんの死を自殺と認めていますが、念のためにタクシー会社への照会を始めています。ですが、岸辺さんを乗せて御茶ノ水から大久保まで行ったタクシーは……おそらく発見されないでしょうね」

「どうして……そう思うんですか？」

　誰かが彼を大久保まで運んだと考えた方が、合理的な説明ができるからです、と樋口がテーブルに指で線を引いた。

「完全に酔い潰れた岸辺さんを車に乗せ、大久保へ向かった。そして彼を背負って線路内に入り、レールの上に横たえた。本人は完全に酔い潰れていましたから、何もわからなかったでしょう。岸辺さんの死は自殺ではなく、巧妙に偽装された他殺だった、と僕は考えています」

　あり得ません、とわたしは樋口が引いた線を消した。

「岸辺さんが自分の部屋でお酒を飲み、泥酔状態になっていたのは、その通りだと思います。

でも、どうやって部屋から外へ連れ出したと？　完全に意識を失った人間を背負って移動するのは、誰にとっても難しいはずです。彼は身長百八十センチで、体重は七十キロを超えていました。よほど力が強い人でなければ無理でしょう」

確かにそうです、と樋口が唇をすぼめた。仮にそんな人物がいたとしても、とわたしは先を続けた。

「岸辺さんの部屋で、一緒に酒を飲んでいたことになりますよね？　彼を酔い潰すためには、その人物もある程度の量を飲まなければならなかったはずです。わたしは免許を持ってませんし、車を運転したこともないのでわかりませんが、酔っ払った状態で岸辺さんを車に乗せて大久保まで連れていくのは、無理があると思います」

犯人も酔っていたはずだ、という指摘はその通りです、と樋口が新たにもう一本線を引いた。

「その状態で運転していたら、事故を起こしてもおかしくありません。ですが、自殺の偽装は完璧で、計画的な犯行であることを物語っています。行動に矛盾があるのはなぜなのか……」

わかりません、とわたしは首を振った。考え過ぎているのかもしれません、と樋口が頭を掻いた。

「参考までにお伺いしますが、岸辺さんの友人、知人、あるいは付属病院の医師やスタッフなどで、腕力のある男性……男性と言い切って構わないと思いますが、そういう人物に心当たりはありませんか？」

学生の頃の友人についてはわかりませんが、とわたしは言った。

「病院で彼より大柄な男性となると、かなり限られます。何人かはいますが、岸辺さんを殺すような人に心当たりはありません」

そうですか、とうなずいた樋口が伝票を取り上げた。

「今の話は、聞かなかったことにしてください。また連絡します」

行きましょう、と席を立った樋口の後に続いて店を出た。いつの間にか、細かい雨が降り始めていた。

5

そのまま大学に戻り、午後二時、立原研究室に向かった。今年最後のＬＳを行なう、と前日に立原教授から連絡が入っていた。

ミーティングルームのドアを開くと、立原教授と結花子が座っていた。彼女の隣でパソコンを開くと、明日はイブか、と立原教授が窓の外に目をやった。

「この歳《とし》になると、クリスマスイブと言われてもね……それどころじゃない、というのが本音だよ。あまりにもトラブルが重なり過ぎて、どうしていいのかわからん。最初に言っておくが、今日で今年度の立原ＬＳを終了する。来年三月までの予定だったが、続けても意味はない」

立原教授の声に、いつもの張りはなかった。ＬＳの研究生のうち、二人が死んだのだから、気力が湧かないのだろう。

空いている二つの席に、結花子が視線を向けた。岸辺と日比野の死を、改めてわたしは実感していた。

疲れてしまってね、と立原教授がため息をついた。結花子がうなずいたが、わたし個人はＬＳの終了に反対だった。

帝光大の各ＬＳは、自分の仕事と関係のない分野でも参加可能で、政治学部の講師が医学部のＬＳに入ることもあった。その意味では異業種交流会と同じで、未知の分野とクロスオーバーすることによって、参加者の修学意識を高めるという意図が大学側にあるのは、各ＬＳ研究生の誰もが理解していた。

とはいえ、まったくの畑違いではなく、自分の仕事と重なる部分があるＬＳを選ぶ者の方が、圧倒的に多いのが現実だった。岸辺と結花子は医師、看護師として、わたしと日比野は公認心理師、心理学講師として、立原LSで学んでいたが、それは全員にとって大きなメリットと言えた。

わたしが立原LSの続行を望んだのは、スキルアップの機会を失いたくなかったからだ。公認心理師としての経験が浅いこともあり、精神医学を学ぶことで、少しでも自分を向上させたいという思いがあった。

白崎くんは続けたいのか、と立原教授が言った。はい、とわたしは答えた。

「前にも言いましたが、LSという形でなくても構いません。先生がお忙しいのはわかっていますが、週に一度でも二度でも、教えていただけないでしょうか」

苦笑した立原教授が、胸ポケットから電子タバコを取り出した。

「気持ちはわかるが、年が明ければ入試の準備も始めなければならない。時間的に難しいだろう。残念だが、やはり今日で立原LSを終了する」

その方がいいと思います、と結花子が言った。まだ時間はあるな、と立原教授が壁の時計に目を向けた。

「日比野くんの事件について、何か聞いていないか?」

煙を吐いた立原教授に、特にありませんと結花子が首を振った。同じです、とわたしもうなずいた。

それからしばらく、わたしたちは岸辺と日比野の話をした。それは終わりの儀式だった。

午後三時、内線電話が鳴った。受話器に耳を当てた立原教授が、わかっていますと言った。

「いや、大丈夫です。ＬＳも終わりましたし、予定通り会議に出ますよ……三時半ですね？　では、後ほど」

受話器を戻した立原教授が、会議ばかりだ、と口を尖らせた。

「それが仕事だろうと言われたら、そうなんだがね……とにかく、終わりにしよう。戻って構わない」

一礼した結花子が、ミーティングルームを出て行った。どうした、と立原教授がわたしの顔を覗き込むようにした。

「白崎くんは戻らなくていいのか？」

ひとつだけいいでしょうか、とわたしは遠ざかっていく結花子の細い背中を見つめた。

「実は……岸辺さんの自殺について不審な点がある、と樋口刑事から聞きました」

「不審な点？」

今日の昼に会ったんです、とわたしはスマホのメモを開いた。

「岸辺さんを解剖したところ、体内の血中アルコール濃度は〇・五八だったそうです。岸辺さんは自力で歩けなかったはずだと……」

〇・五八、と立原教授が顎髭に触れた。

「考えられんな。酩酊、泥酔どころじゃない。意識喪失、下手すれば命を落としかねない数値だ」

「樋口刑事もそう言ってました。その状態で、御茶ノ水のマンションから大久保まで行ったとは思えないと……」

それほど簡単な話じゃないがね、と立原教授が電子タバコのカートリッジを取り替えた。

「血中アルコール濃度が〇・五八というのは、異常に高い数値だが、アルコール耐性には個人差がある。泥酔して、意識がないまま長距離を歩いて移動した例は数え切れない」

わからないのは、どうして岸辺さんが大久保へ行ったのかです、とわたしはスマホを伏せた。泥酔者の行動は誰にとっても予測不能だ、と立原教授が言った。

「なぜ大久保で自殺したのかと言われても、答えることはできない。本人だって、わからないだろう」

樋口刑事は岸辺さんの死を自殺ではないと考えています、とわたしは囁いた。

「偽装自殺の可能性がある、と話していました。誰かが岸辺さんに酒を飲ませ、泥酔させた上で、意識を喪失した彼を車に乗せて大久保まで運び、線路の上に置き棄《す》てた。電車に轢かれたのは自殺でも事故でもなく、他殺だと……」

　樋口刑事がそう言ったのか、と立原教授が電子タバコをデスクに置いた。

「信じられんな……日比野くんの死は放火による殺人で、警察が捜査を進めている。もし岸辺くんの死が他殺だとすれば、立原ＬＳの研究生二人が、連続して殺害されたことになる。常識的に考えれば、犯人は同一人物だろう。だが、そうなると矛盾が出てくる」

　日比野くんが住んでいたコーポの近くで、不審な女性が目撃されていると立原教授が言った。

「山茂警部補に聞いたが、捜査本部はその女が日比野くんと何らかの関係があると考えているそうだ。はっきり言えば、容疑者の一人ということになる。その女が日比野くんを殺した可能性が高い、とも山茂警部補は話していた」

「はい」

「大ざっぱな言い方になるが、コーポの部屋にガソリンを撒き、放火することはそれほど難しくない」女性でもできただろう、と立原教授がカップに残っていたコーヒーに口をつけた。

「だが、岸辺くんの件は違う。他殺だとしても、女性の犯行とは考えられない」

　普通の女性では、岸辺さんを背負って部屋から運び出すことさえ難しかったはずです、とわたしは言った。

「百八十センチ、七十数キロ、しかも泥酔して意識を失っている彼を一般的な体格の女性が部屋の外に運び出すというのは、無理があるでしょう。必然的に、犯人は男性となります。ですが、立原LSの研究生二人が、数日の間に殺害されたのは、偶然のはずがありません。同一犯による犯行だと考えるべきですが、日比野さんを殺害したのが女性、岸辺さんを殺した犯人が男性だとすれば、言うまでもなく、別人ということになります。それとも……警察が追っている不審な女性は、事件と関係ないのでしょうか？」

ひとつだけ考えられることがある、と立原教授が電子タバコをくわえた。

「その不審な女性が異常な興奮状態にあったとすれば、岸辺くんを御茶ノ水から大久保まで運び、線路内に置き棄てることも不可能ではなかっただろう。アドレナリン、ドーパミン、いわゆる脳内麻薬の大量な分泌によって、女性でも異常な力を持つことはあり得る。日比野くんの殺害現場付近で目撃されたのは女性で、これは確実な証言と言っていい。その女が岸辺くんも殺したということか……」

二つの殺人事件の犯人が同じ女性だったと考えれば、矛盾はなくなる。だが、そうなると、今度は別の疑問が出てくる。岸辺と日比野、二人を殺害する動機を持つ女性などいるだろうか。

いたのかもしれない、と立原教授が腕組みをした。論理的な口調は、いつもと同じだった。

「あの二人は同じ高校の同級生だった。当時はそれほど親しくなかったと聞いているが、共通の友人、グループはいただろう。その中に、二人を恨んでいる女性がいたとすれば……」

高校の時とは限りません、とわたしは言った。

「小、中学校は別だったそうですが、同じ越谷市に住んでいました。何らかの繋がりはあったでしょう。子供の時のことを忘れない者もいます。二人は覚えていなくても、女性の側は二人を恨み続けていたのかもしれません」

仮定だらけだ、と立原教授が苦笑した。

「そこは私たちにもわからないし、調べることはできない。ただ、山茂警部補に伝えておいた方がいいかもしれんな」

「もう一人……あの二人を殺す動機がある女性がいることに、先生は気づいてますか」

わたしは開いたままになっているミーティングルームのドアに目を向けた。羽島くんのことを言ってるのか、と立原教授が煙を吐いた。

「馬鹿馬鹿しい。彼女が日比野くんと岸辺くんを殺したと？」

羽島さんは日比野さんにストーキングされていました、とわたしはこめかみに指を当てた。

それは知っている、と立原教授が電子タバコをデスクに放った。

「以前から、羽島さんは岸辺さんに好意を抱いていました」聞いてください、とわたしは身を乗り出した。「岸辺さん本人が言ってましたが、彼女から何度か誘われたそうです。相談があるから会ってほしいとか、看護師として質問があるとか、そんなふうに理由をつけて……彼はわたしと交際していましたから、二人だけで会うことはできないと断わったそうです。でも、羽島さんはプライドが高い女性です。誘いを断わられたことが、彼女を傷つけた。それが動機となったとは、考えられませんか？」

もういい、と立原教授が壁の時計に目をやった。

「会議が始まる。樋口刑事の仮説も、君の意見も、憶測の域を出ない。こんなことは言いたくないが、君たちは思い込みが強すぎる。それに、考えても仕方ないだろう。捜査は警察の仕事で、我々とは関係ないんだ」

ノートパソコンを小脇に抱えた立原教授が立ち上がった。話しておくべきことがまだあったが、引き留めることはできなかった。

6

年末、大学は冬期休暇に入っていたが、わたしたち職員は普通の会社員と同じで、年末年始の休みはカレンダー通りだった。

帝光大付属病院は救急指定病院のため、一年三百六十五日無休だ。付属施設のカウンセリングルームは、十二月二十七日から一月六日までが休みとなっていたが、それまでは通常のローテーション通り、出勤しなければならなかった。

この日、クライアントの予約は入っていなかった。クリスマスシーズンにカウンセリングルームを訪れる者が少ないのは、毎年のことだ。

カウンセリングルームに戻ってから、母に電話を入れたが、呼び出し音が鳴るだけだった。眠っているのだろう。

冬に入り、寒さが厳しくなったためか、母は体調を崩していた。メンタル面も同じで、この数日はほとんど会話もなかった。

認知症について、付属病院の医師に相談していたが、一気に進行することはないと言われただけだった。

わたしとしては、なるべく早い段階で家の近くにあるリハビリセンター、もしくは大学の付属病院内にあるリハビリ施設に通わせ、歩行訓練や簡単な運動をさせるつもりだったが、母はそれを嫌がっていた。

ありがちな話で、他人に迷惑をかけたくない、と考えているのだろう。そういう問題ではないのだが、母の年齢だと、そういう意識が働いてしまうのは、仕方ないのかもしれない。

無理に連れていっても、精神的に疲弊するだけで、ストレスになるとわかっていたから、強く勧めることはできなかった。日比野、そして岸辺が相次いで死んだため、時間的な余裕がなかったこともある。

ただ、病院でもリハビリでも、あるいは買い物や食事でもいいのだが、母を外出させなければならないと思っていた。医師でなくても、母の鬱傾向が強くなっているのはわかる。焦りに似た思いが強くなっていた。

今後について相談できるのは、精神科医の立原教授しかいない。夕方五時半、仕事を終えてから、もう一度立原研究室へ向かった。

アポは取っていなかったが、会議を終えて戻っていた立原教授に事情を話すと、心配だな、とミーティングルームのデスクで電子タバコをくわえた。

「何に対しても無気力、無関心ということだね？　食欲は？」

あまりありません、とわたしは答えた。もともと食の細い人だったが、今は一日一食、それも僅かな量しか食べなくなっていた。

運動不足も関係しているんだろう、と立原教授が言った。

「もっと早く相談に来るべきだったな。基礎体力そのものが低下しているんだ。いつでもいいから、うちの病院に連れてくれれば、私が直接診察する。遠慮することはない」

「先生がお忙しいのはわかっていましたから、そこまでお願いするのは失礼だと思って……」

気を遣い過ぎだ、と立原教授が顔をしかめた。

「それより、お母さんに認知症の症状が出ていることが気になる。検査はしていないんだね？　アルツハイマー型か、血管性認知症か、レビー小体型か、他にもあるが、そこがわからないと治療はできない。物忘れや人の名前、簡単な単語が出てこないとか、その辺りはどうなんだ？」

ないとは言えません、とわたしは頭に手を当てた。

「わたしのことは娘だとわかっていますし、名前を間違えることもありません。ですが、時々自分がどこにいるのか、なぜベッドで横になっているのか、わからなくなることがあるようです。時間や日付を正確に言うのも、難しくなっています。夜中に起こされて、あれはどこにあるのかと聞かれることは、ほとんど毎日です」

「あれというのは？」

本人もわかっていないんです、とわたしは苦笑した。よくある話だ、と立原教授がうなずいた。

「会話は？」

「わたしとは普通にやり取りしていますが、最近は口数が減っています。少し前までは、昔の友人と電話で話したりしていましたが、このところはそれも……」

「睡眠は？」

母に限ったことではないと思いますが、とわたしは小さく肩をすくめた。

「いつもベッドで横になっていますから、一、二時間ほど居眠りしたり、昼間ずっと寝ていることもあるようです。それもあって夜は眠れないのか、かなり遅い時間までテレビを見ています。六十歳なので、眠りが浅いのはよくあることで……」

あまり良くないな、と立原教授が顔をしかめた。

「動きたくない、歩きたくない、外に出たくない、話したくない……典型的な鬱症状だ。ただ、話を聞いただけでは、認知症と断定できない。とにかく、一度うちの病院に連れてきて、検査を受けた方がいい」

そう思っているんですが、とわたしはため息をついた。

「母は頑固で、なかなか言うことを聞いてくれなくて……」

無理はよくない、と立原教授が眼鏡のつるに触れた。

「まずは近所を散歩するとか、お母さんの好きな店へ行くとか、そこから始めてはどうだろう。それだけでも鬱状態が改善されるし、多少でも落ち着けば、通院も可能になるはずだ。

仮に認知症だとしても、ＣＴなりＭＲＩ検査で脳を調べれば、進行具合がわかる」

　いろいろありがとうございます、とわたしは頭を下げた。

「先生がお忙しいのはわかっていますが、できれば……一度母の様子を診ていただけないでしょうか？」

　その方がいいかもしれない、と立原教授が立ち上がった。

「君の家へ行って、ということだね？　大学病院に往診制度はないが、君は私のＬＳの研究生だし、その辺りは何とでもなる。お母さんの足のことを考えても、そうするしかないだろう……ただ、お母さんが受け入れてくれるかな」

　聞いてみます、とスマホを取り出して番号を押した。五回ほどコールが鳴り、母が出た。

「お母さん、あたし。起きてた？」

　テレビを見ていた、と母が少しこもった声で言った。通話口を手で覆いながら、往診の話をすると、あまり気が進まないと返事があった。

　声や雰囲気で、嫌がっているのがわかったが、後で詳しく話すからとだけ言って電話を切った。

「先生のスケジュールと自分の体調が合えば、と言っていました。ただ、それほど前向きというわけでも……どうすればいいでしょう？」

説得するしかないだろう、と立原教授が大きく伸びをした。

「約束があるので、私は出なければならない。まずはお母さんの同意を得ることだ。早い方がいいが、無理に急ぐ話でもない。年が明けたらでいいと思うがね」

ありがとうございます、ともう一度頭を深く下げ、ミーティングルームのドアを開くと、白崎くん、と立原教授がわたしを呼んだ。

「スマホを忘れてるよ。君はしっかりしているように見えるが、意外と忘れ物が多いな」

すいません、と渡されたスマホを受け取って、ミーティングルームを出た。エントランスに向かって歩いていると、入ってきた結花子とすれ違った。外科部の看護師がどうして精神科にいるのかと思ったが、何か用事があるのだろう。

すぐにでも母と話そう、とわたしはスマホを握りしめた。外に出ると、辺りは真っ暗になっていた。

7

樋口がカウンセリングルームに来たのは、翌日の午後一時だった。今朝電話があり、会うことになったが、声の感じで捜査に進展があったのはわかっていた。

イブなのに大変ですねと言うと、樋口が白い歯を見せて笑った。

「事件が起きれば、クリスマスも正月もない、というのが刑事の仕事で……こればかりはどうしようもありません」

病院も同じです、とわたしはため息をついた。

「クリスマスでも病気や怪我はありますから……本音を言えば、カウンセリングルームは休んでもいいと思うんですけど、大学病院の付属施設なので、そういうわけにも……それで、何かあったんですか？」

四件の未解決事件について改めて調べてみました、と椅子に座った樋口がカバンから出した数冊の分厚いファイルをテーブルに置いた。

「前にも話しましたが、四件の事件の犯人はそれぞれ別にいる、というのが警視庁の見解です。医学的所見がその根拠です」

公認心理師は医師ではないが、一般人と比較すれば医学的知識がある。刺殺された死体の傷その他から、犯人の利き腕、身長など、さまざまな特徴がわかるのは、わたしたちにとって常識だった。

「その話をするために、わざわざ来たんですか？」

違います、と樋口が苦笑いを浮かべた。

「白崎さんに教えてもらいたいことがあるんです。犯人が四人いるというのは、検死や科学捜査の結果によるもので、資料を確認しましたが、それ自体は間違っていないと思います。ただ、殺害、死体の解体、その遺棄、すべて手順が同じだというのは、どう考えても妙でしょう？」

「模倣犯かもしれません」

マスコミに公表していない事実もあるのに、二人目以降の犯人が最初の殺人を模倣できるはずがありません、と樋口がファイルに目を向けた。

「確かにそうですね。でも……殺害した場所は、すべて被害者の自宅ですよね？」

セラピストデスクの横にある資料棚から、わたしは数冊の本を抜き取った。

「これは犯罪心理学に関する専門書ですが、殺人犯にとって一番の問題は死体の処理だと、記述がありました」

記憶を頼りに、一冊の本の頁をめくっていくと、〝死体の処理について〟という見出しが見つかった。

「焼けば臭いがするし、埋めても誰かが発見する恐れがある。海や川に捨ててもそれは同じですし、死体の重量の問題もあります。仮に体重六十キロの人間を樋口さんが殺したとして、その死体をどうやって運びますか？」

僕は人殺しなんかしませんが、と樋口が頭を掻いた。

「六十キロの人間の体を、バッグに入れて運ぶことはできません。時間と場所さえあれば、死体を解体するのが最も簡単な解決法です。人間の血液量は体重の十三分の一前後ですから、頭部、腕、足、もっと細かく切断していけば、四キロ以上の血液が体内から排出され、その分軽くなるでしょう」

樋口さんの疑問に対する答えはそれだと思います、とわたしは開いたままの頁を指した。

「犯人が四人いるのに、死体の処理法が同じだったのは、それが最善の方法だったからです。それぞれの事件の犯人が、被害者と面識があったとすれば、家に入るのは難しくありません。殺害方法は、絞殺、撲殺、毒殺、他にもありますが、刺殺が最も確実です。四人の犯人が殺害手段として刺殺を選んだのは、効率面から考えると、それが最も優れているからで、他の手段を選ぶ方がおかしいんです」

理屈はわかります、と樋口が言った。納得していないのは、表情だけでわかった。

犯人は逮捕されるのを避けたかったはずです、とわたしは先を続けた。

「死体を放置して逃げれば、そこに証拠が残ります。死体をバラバラにしたのは、それ以外へ持ち出す手段がなかったからです。家の中で殺したのなら、浴室で解体するのが後の処理を考えるとベストでしょう。海や川に体のパーツを捨てるのは、わたしでも考えつきます。

樋口さんが思っているより、四件の殺人が同じ手口になる確率は高いんです」

そうは言いますが、簡単ではありません、と樋口が首を振った。

「相手は人間の死体です。白崎さんも指摘していたように、犯人は被害者と面識があったはずで、家族、友人など、関係が深かった者ということもあり得ます。理屈で言えば、死体を解体して捨てるのが、処理するためのベストな方法ですが、抵抗感がなかったとは思えません」

これは公認心理師としての意見ですが、とわたしは言った。

「人間は一時的に感情を消すことができます。自分が死体を切断しているのに、他人がやっていると思い込むこともあります。人間の心には、そういう機能が備わっているんです」

もうひとつ可能性があると思っています、と樋口が声をひそめた。

「犯人が死体の処理に慣れていた、ということです。例えば医師ですが、職業的な訓練を受けた者なら、冷静に対処できるでしょう。それは看護師も同じです」

「看護師？　確かに、一般人と比べて死体を見慣れていると思いますが、切断となると……」

「雨宮リカの事件を調べていた菅原刑事が遺したメモの中に、医師や看護師の証言がありました」

樋口が茶色い革の表紙がついた古い手帳を取り出した。付箋のついたページをめくると、走り書きのメモが記されていた。

『経験がある看護師は、医師免許を取得したばかりの医師より死体に慣れている／看護師は外科手術に立ち会う／見ていれば技術は学べる／技術を習得することも可／看護師が人体を外科医と同じように手術できるか、という問い↓それに対する回答↓9割以上の医師がイエス／メスその他手術器具があればできる↓入手経路は？／決して難しくないという証言／専門的な手術と解体は違う』

どう思いますか、と樋口が手帳を閉じた。専門外なので答えられません、とわたしはタンブラーのミルクティーをひと口飲んだ。

「ただ……うちの付属病院に勤務している看護師が、あのドクターは手術が下手だ、自分の方がうまくできる、と話していたのを聞いたことがあります。ジョークではなく、研修医や経験年数の浅い医師より、ベテラン看護師の方がうまくこなせるというのは、本当だそうです。ですが、どこまでできるのかと言われると……それはわかりません」

四体の遺体ですが、切断面が粗かったという記録が残っています、と樋口が手帳を閉じた。

「つまり、医師の仕事ではないということになります。数人の医師に話を聞きましたが、経験がある者なら、もっとうまくやれただろうと話していました。ただし、普通の人間には厳しいはずだとも……死体を切り刻むのは、倫理的に許されないという感覚が誰にでもあるでしょう。それも含めて考えると、犯人が看護師だった可能性について、検討する必要があると思うんですが」

「四人の看護師がバラバラ殺人を行なった？　それこそあり得ないと――」

雨宮リカ事件に影響を受けて、犯人が人を殺したのは間違いありません、と樋口が顔を近づけた。

「立原教授の仮説によれば、犯人は無痛症で、腋臭持ちだということになります。そんな肉体的特徴を持った者が、四人もいると思いますか？」

「それは……」

四件の事件の犯人は同一人物だと考えた方が合理的です、と樋口が静かな声で言った。しばらく沈黙が続いた。

「最初の話と違います」わたしは強く首を振った。「検死、科学捜査、いずれの結論も、四件の殺人事件の犯人は別人だ、と樋口さんは言っていましたよね？　それなのに、どうして――」

白崎さんに意見を聞きたかったのは、と樋口がテーブルの本を指さした。

「心理学や精神医学について、あくまでも僕は素人に過ぎません。ですが、刑事なら誰でも、リアルな形で犯罪者と接しています。犯罪心理学も学んでいますし、ある意味では精神科医が患者を診察するより、もっと長い時間を犯罪者と過ごしているんです」

「そうかもしれませんが……」

　多くの場合、犯罪者の精神状態は不安定ですし、時には正常でないことさえあります、と樋口が言った。

「猟奇殺人のような特殊な事件においては、検事、弁護士、双方が精神鑑定を申請することも珍しくありません。その中には、特異例としか言えないケースもあります。雨宮リカ事件はその典型で、僕もいろいろ調べました。他の大学の研究者にも話を聞いています。さっきも言いましたが、僕たち刑事の方が精神科医や心理学者より、ある意味で異常心理について詳しいのは事実です。白崎さんは多重人格について――」

　今は多重人格という呼称を使いません、とわたしは言った。

「解離性同一性障害、ＤＩＤと呼びます。多重人格とは、複数の人格が一人の人間の心の中にある状態と考える人が少なくありませんが、その認識は誤りです。ＤＩＤの問題は、一人の人間の中に、正常な意味でひとつの人格さえないことにあるんです」

　人格解離によって、肉体に変化が生じる現象が起きることがあります、と樋口がカバンから数冊のリーフレットを取り出した。

「白崎さんの専門ですから、ご存じだと思いますが、男性の中に女性の人格が現れたり、子供や老人、極端な場合外国人ということもあるそうですね。その人格によって、腕力が向上したり、使用言語さえ変わるケースもあると……一度だけですが、僕も携った経験があります。幼児失踪事件が起き、その後十年以上行方不明のまま、捜査はコールドケース班に引き継がれました。母一人子一人の母子家庭で、担当者は母親とは常に連絡を取り合っていました」

「それで……？」

前任者が退職して、僕が担当を務めることになりました、と樋口がため息をついた。

「半年ほど経った頃、僕の携帯に男性から連絡が入り、失踪した子供は殺されている、犯人は俺だと言いました。死体を埋めてある山の場所、その他詳しい情報を伝え、最後に自分は子供の父親だと言って電話を切ったんです。ですが……父親は子供が失踪する前に病死していました」

「まさか……」

僕の携帯に残っていた番号は母親のものでした、と樋口が額の汗を拭った。

「父親を名乗って、母親が自分で電話をかけてきたんです。声もそうですが、口調も男性のものでした。教えられた情報に従って捜したところ、高尾山で子供の白骨死体が発見されました。何がきっかけだったのか、今でもわかりませんが、母親の中に父親の人格が生まれ、夫として妻を告発したんです。自供と呼ぶべきなのかもしれませんが、電話をかけてきた時の声は、明らかに男性でした。声質、喋り方、何もかも……母親が解離性同一性障害だったのは、後の裁判で複数の医師が証言しています。ＤＩＤによって男性の声を発した、というのが彼らの結論でした」

「そういう事例は、医学雑誌で読んだことがあります。ただ、それがＤＩＤによるものか、別に理由があるのか、そこはまだ解明されていないはずです」

ここを読んでください、と樋口がリーフレットを指さした。

「〝特異例としての報告〟＝持病がある者が、ある特定の人格に変容した時だけ、その症状が消える／重度の糖尿病患者が人格変化に際し、人工透析を必要としなくなった……信じられませんが、実際に起きたことです。利き腕が違っていたり、腕力が強くなったり弱くなったりするのは、それと比べたら不思議でも何でもないでしょう」

ＤＩＤについて、詳しいわけではありません、とわたしは目元を指でこすった。

「意見と言われても、答えることはできません。わたしは公認心理師として、二年しか経験がないんです」

では、もっとはっきり聞きます、と樋口がわたしの目を覗き込んだ。

「普通に生活している看護師が解離性同一性障害の患者で、別人格が殺人を続けている可能性はあるでしょうか？」

ないと思います、とわたしは首を振った。

「そこまで人格解離が激しいのであれば、家族、友人、職場の同僚、誰かが気づくでしょう。もっと詳しく知りたいなら、立原教授に聞いてみた方がいいのでは？　ＤＩＤを研究テーマにしていますし、専門分野でもありますから……」

他の先生はどうでしょう、と樋口が言った。あるレベルで知識はあると思いますが、とわたしはうなずいた。

「でも、どうして立原教授では駄目なんですか？　面識もあるし、質問しやすいと思いますけど」

情報が他に漏れるとまずいので、と樋口が眉間に皺を寄せた。

「どういう意味です？」

わかっているはずです、と樋口が席を立った。

「現段階で、彼女は容疑者と言えませんが、事件と関係があるのはほぼ確実です。山茂警部補にも報告して、情況証拠の確認を進めています。その結果次第ですが、参考人として話を聞くことになるでしょう」

彼女、とわたしはつぶやいた。樋口が疑っているのは女性で、それが誰なのかもわかっていた。

この後、彼女と会う約束をしています、と樋口が腕時計に目をやった。

「もっと具体的な形での協力を、白崎さんにはお願いしたかったんですが、警察も確実な証拠を摑んでいるわけではないんです。今の状況で、第三者に情報を開示するのは時期尚早だ、と山茂警部補に止められました。数日中に事情がはっきりすれば、改めて協力をお願いすることになると思いますが……いろいろありがとうございます。参考になりました」

小さくうなずいた樋口が、カウンセリングルームを出て行った。わたしはゆっくりと立ち上がり、テーブルの本を資料棚に戻した。

8

帰宅したのは夜七時で、着替えてから母の食事の支度を始めた。気分にむらがあるのはいつものことだが、不機嫌な様子の母をなだめている時、電話が鳴った。

「警察から連絡はあったか？」

電話をかけてきたのは、立原教授だった。いいえ、とわたしは母に背を向け、寝室を出た。

たった今、山茂警部補から電話があった、と立原教授が言った。

「樋口刑事が殺されたらしい」

「……何の話です？」

混乱しているわたしに、事実のようだ、と立原教授が小さく咳をした。

「実は、死体の状況があまりに惨《むご》くて、まだ樋口刑事なのか、その他の誰かなのか、医師も確認できていない。ただ、死体が発見されたのは彼の自宅で、頭髪その他の特徴から、警察は樋口刑事が殺害されたと判断している。それ以上詳しいことは、私にもわからない。すぐ警察から連絡があるだろう。直接聞いてほしい」

「どうして樋口さんが殺されたんです？」

わかるわけないだろう、と立原教授がいつもとは違う尖った声で言った。

「それより、聞きたいことがある。今日、君は樋口刑事と会ったそうだが、何を話した？」

思い出せる限り、樋口との話を伝えると、ＤＩＤか、と立原教授がため息をついた。

「彼は午後二時にカウンセリングルームを出たんだね？　その後、誰と会うと言っていた？」

聞いていません、とわたしは答えた。

「彼女と言ってましたから、女性だと思いますが、誰とは言ってませんでした」

山茂警部補はこう言っていた、と立原教授がもう一度ため息をついた。

「君と会った後、樋口刑事は羽島くんと会う予定だったそうだ。目的を聞くと、君のことは話してくれた。DID、解離性同一性障害について意見を聞くためだと……だが、羽島くんと会う理由については答えなかった」

「……どういうことでしょう？」

警察は羽島くんを疑っている、と立原教授が言った。

「そうとしか考えられない。容疑は日比野くん殺しだが、岸辺くんの死についても、不審な点があるようだ。それだけではなく、樋口刑事が調べていた四件の未解決事件についても、羽島くんの関与が疑われている。馬鹿な話だ、そんなことあるはずないだろう」

羽島くんと連絡が取れない、と立原教授がかすれた声を震わせた。同時に、何かを叩く音がした。

「電話が繋がらないんだ。電源をオフにしているようだが、何があったのか……彼女が行きそうな場所に心当たりはないか？」

わかりません、とわたしは額を指で押さえた。

「プライベートについては、よく知らないんです。付属病院の看護師には連絡しましたか？」

もちろんだ、と立原教授が声を高くした。

「外科部主任にも伝えたし、警察も行方を捜すと言っている。無事でいてくれればいいんだが……」

声と重なるように、着信音が鳴った。キャッチが入ってますと言うと、警察だろうと立原教授が舌打ちした。

「後でまた連絡する。今は自宅だね？　連絡が取れるようにしておいてもらえると助かる」

唐突に通話が切れた。スマホの画面に触れると、警視庁の山茂です、という野太い声が聞こえた。

Heart 5
触れるな

1

水道橋の自宅マンションで樋口の死体が発見されたのは一時間ほど前です、と山茂が抑えた声で言った。

意味がわからず、わたしは何度か聞き返した。何が起きているのか、まるでわからなかった。

警察という組織について、わたしはその内情を知らない。ただ、刑事ドラマで見るように、所属する部署の上司、あるいは同僚と頻繁に連絡を取り合っているイメージはあった。

山茂によれば、概《おおむ》ねその通りで、何らかの理由がない限り、定期的に連絡を取ることが義務付けられているという。わたしのように病院に勤務している者、あるいは一般企業のサラリーマンでも、あるレベルで職場との連絡は不可欠だが、警察ではもっと厳しいようだった。

今日、樋口が帝光大付属病院のカウンセリングルームを訪れ、わたしと話したのは午後一時、その後結花子と会うことを、コールドケース班の上司に伝えていた。夕方四時までには本庁へ戻る予定だったという。

だが、四時を過ぎ、五時になっても樋口は戻らず、連絡もなかった。五時半過ぎ、しびれを切らした上司が電話を入れたが、留守番電話に繋がっただけだった。

普通の会社なら、サボってるんだろうぐらいのことで済むかもしれないが、刑事は一般のサラリーマンと違う。不審に思った上司が、同僚の刑事を水道橋にある樋口のマンションに向かわせたところ、酷く損傷された死体が発見された。

他殺です、と山茂が言ったが、聞いているだけで気分が悪くなってくるほど、陰鬱な声だった。

現職の刑事が自宅で殺害されるというのは、異常事態と言っていい。樋口の遺体はすぐ検死に回され、並行して今日の行動について、警察が確認を行なった。

この時点で、樋口殺害は捜査一課第五強行犯八係が担当することになり、山茂が現場の指揮を命じられていた。

樋口がカウンセリングルームを出たのは午後二時頃で、名前こそ口にしなかったが、結花子と面会のアポを取っていたのは、わたしもわかっていた。日比野が放火によって殺された後、結花子が一連の事件に関係していると樋口が考えるようになっていたのは確かで、山茂もそれは聞いていたという。

警察の調べでは、午後二時を少し回った頃、樋口が帝光大学付属病院外科部を訪れ、院内の小会議室で結花子と話していたのを、数人の医師、看護師が見ていた。

三十分か四十分ほどだったが、帰り際、では後ほどと樋口が挨拶する声を、看護師の一人が聞いていた。

その後、帝光大を出た樋口が板橋本町への道を歩いている姿が、大学の防犯カメラに映っていた。三田線に乗って、警視庁本庁へ帰るつもりだったのだろう。

だが、駅に着く直前、携帯電話に着信があり、樋口が再び来た道を戻っていく映像が駅の防犯カメラに残っていた。途中にあるコンビニエンスストアの防犯カメラにも映っていたが、そこから先は不明だ。

樋口の部屋にあった本人の携帯電話の着信履歴を調べたところ、発信元は帝光大学付属病院外科部の外線番号だった。

羽島さんが電話をかけたと思われます、と山茂が言ったが、外科部の医師や看護師で樋口の携帯番号を知っているのは結花子だけだから、他に考えられないというのはその通りだろう。

結花子からの連絡を受け、樋口は帝光大に戻ることにした。着信時刻は午後三時十一分で、その時間に結花子が外科部病棟にいたことも、何人かの看護師が見ていた。

看護師のシフトは、日によって違う。この日、結花子は午後五時までの勤務だったが、体調不良を理由に早退を申し出て、三時十五分に大学の正門を出たことが、防犯カメラで確認されていた。

樋口と結花子は板橋本町駅の近くで落ち合ったと考えられるが、断定はできない。確実なのは、午後四時頃、結花子の車が水道橋付近を走行していたことで、Nシステムと呼ばれるナンバー識別装置に彼女の車のナンバーが映っていたから、それは間違いなかった。

同時に、今日、結花子が自分の車で大学まで来ていたこと、大学近くのコインパーキングに駐車していたことも判明していた。

以上の状況から、二人の行動が推定できます、と暗い声で山茂が言った。

「午後二時過ぎ、樋口は帝光大付属病院で羽島さんと会い、三、四十分話をしましたが、それでは終わらないとわかり、羽島さんの仕事が終わった後、もしくは後日、もう一度会う約束をしたんでしょう。ところが、予定より早く羽島さんから電話があり、樋口は帝光大学へ戻ろうとした。羽島さんも大学を出て、コインパーキングから自分の車を出したことがわかっています。駅へ向かう途中で、樋口をピックアップしたと思われます。その後については不明ですが、約一時間後の午後四時前後、羽島さんの車が水道橋駅近くを走っていたのは確かです。向かっていたのは、樋口の自宅マンション以外考えられません」

意味がわかりません、とわたしは首を振った。

「何のために、彼女は樋口さんのマンションへ行ったんです？」

わたしの問いには答えず、樋口の死亡推定時刻は午後五時から六時前後です、と山茂が言った。

「水道橋付近を走行していた羽島さんの車を、道路脇に設置されていた複数の防犯カメラが撮影していました。運転していたのはロングヘアーの女性で、羽島さん本人と思われますが、助手席、後部座席に樋口の姿はありませんでした。奇妙な話でしょう？　もうひとつ、樋口の遺体からケタミンが検出されています」

「ケタミン？」

外科手術の際に用いる麻酔薬です、と山茂が言った。

「静脈注射、筋肉注射によって、五分以内に効果が現れ、意識を失います。簡易検査ですが、監察医によると、検出された数値は通常の使用量の約三倍でした。ケタミンを注射され、意識不明になった樋口を羽島さんが車のトランクに押し込み、彼のマンションへ向かったと我々は推測しています」

「そんなこと、あり得ません。何のためです？　羽島さんに樋口さんを殺す理由なんて……」

樋口は熱心な男でした、と山茂が深いため息をついた。

「彼は羽島さんに不審な点があると考え、彼女の身辺を調べていました。その中には、あなたの知らない事実もあります。詳細は言えませんが、樋口は日比野さんの事件について、羽島さんの関与を疑い、現場周辺を徹底的に調べて、不審な女性を目撃した者を複数名発見していたんです」

「それは……痩せた、背の高い女のことですか？」

例の女を目撃した者は、一人ではありませんでした、とだけ山茂が言った。

「また、岸辺さんの件も、偽装された自殺で、殺人の可能性が高いと話していました。コールドケース班で調べていた四件の未解決事件も同様で、何らかの形で羽島さんが関係していた、と考えていたのは確かです」

樋口さんが羽島さんを疑っていたのは知っています、とわたしは言った。

「根拠のひとつは、羽島さんと雨宮リカが同じ広尾で生まれ育ち、家同士の距離が近かったことでした。羽島さんが小さい頃、リカは事件を起こしていますが、それが彼女に何らかの強い影響を与えた、つまりリカの心理に感染した、と考えていたようです。他にも身体的特徴や日比野さんを殺害する動機があったことで、羽島さんの身辺を調べていると話していました。ですが、率直に言って、樋口さんの論理は強引で、こじつけというか、先入観によるところも大きかったと思っています」

正直なところ、我々も同じでしたと山茂が言った。樋口さんにも確証はなかったはずです、とわたしはスマホを耳に押し当てた。

「これは個人的な意見ですが、樋口さんは一連の事件の犯人を、羽島さんだと思い込んでいた、あるいは決めつけていたような気がしてなりません」

我々もそう考えていた部分があります、と山茂が空咳をした。

「樋口は本庁に上がって、すぐにコールドケース班に配属され、およそ十年、未解決事件の継続捜査を担当していました。我々強行犯の刑事とは、役割が違います。宮内静江による滝本実殺害が、過去の事件と関連している可能性があったため、一時的にコールドケース班と強行犯八係に両属していましたが、いわゆる殺人事件の捜査に不慣れだったのは否めません。捜査の過程で、警察のルールを逸脱したことがあったのも事実です。白崎さんに捜査情報を話し、意見を求めたこともそうです……ただ、彼が雨宮リカ事件に強くこだわったのは、やむを得ない事情もあったんです」

「やむを得ない事情？」

梅本と青木です、と山茂が小さなため息をついた。

「樋口は二人を尊敬していました。警察は完全な縦社会で、時には文字通り命懸けで捜査に当たることもあります。一般の会社と比べて、人間関係が濃密になるんです。尊敬していた梅本はリカのために心を壊され、リカを射殺した青木は懲戒免職処分を受けています。雨宮リカと彼女が関係している事件について不明な点が多いのは事実で、二人のためにすべてを明らかにしなければならない、と樋口は考えていたんでしょう」

「それはわかりますが……」

羽島さんを疑った根拠は薄弱でした、と山茂が言葉を継いだ。

「捜査会議でも、樋口は羽島さんが日比野さんと岸辺さんの死に関係していると意見を上げていましたが、あなたも指摘したようにこじつけであり、思い込み、あるいは先入観によるものだ、と我々は否定していました。ですが……樋口が殺されたことで、彼の直感が正しかったのではないか、という意見が八係内でも強くなっています」

捜査には不慣れだったと言いましたが、樋口も刑事ですと山茂が言った。

「刑事の勘というのは、馬鹿にできないところがありましてね……理屈に合っていなくても、非合理であっても、正しい答えを導き出すことがあるんです。はっきり言いますと、我々は羽島さんが樋口を殺害した可能性があると考えています」

ありませんと言ったが、わたしの声に力はなかった。問題は羽島さんの所在が不明なことです、と山茂が洟をすする音がした。

「彼女がどこにいるか、心当たりはありませんか？」

そう言われても、とわたしはスマホを持ち替えた。

「わたしと彼女は立原ＬＳの研究生ですけど、そこまで親しかったわけではないんです。プライベートについては、ほとんど知りません。付属病院の関係者に聞いた方がいいと――」

確認済みです、と山茂が言った。冷たささえ感じられるような声音だった。

「大学、高校時代の友人、ご家族その他も含め調べていますが、今のところ回答はありません。彼女は友人が少なく、同じ外科部の看護師の間でも浮いていました。大学の関係者は、白崎さんが一番親しかったのではないか、と言っています。もう一度お伺いしますが、あなたは羽島さんがどこにいるか、知っているのではありませんか？」

知りませんと答えたわたしに、あなたが羽島さんを匿《かくま》っているのではないか、という意見も出ているんです、と山茂が空咳をした。

「それが友情だと考えているのであれば、間違っていると言わざるを得ません。羽島さんが一連の事件と無関係だと信じているなら、警察に出頭した方がいいと説得するべきです」

そう思いますが、とわたしは言った。

「でも、知らないものは知らないとしか答えられません。匿ってもいませんし、かばうつもりもないんです」

もし彼女から連絡があったら、警察に出頭するよう勧めてください、と最後に言った山茂が電話を切った。

それを待っていたように、母が呼ぶ声がした。スマホをジーンズのポケットに突っ込んで、わたしは寝室に入っていった。

2

現職の刑事である樋口が殺害された事件は、夜のニュース番組で大きく扱われた。犯人は麻酔薬によって意識を失った樋口の喉をナイフ状の凶器で切り裂き、頭部を切り落としていた。

出所は不明だが、ネットには更に詳しい情報もアップされていた。樋口のマンションに向かった刑事が、ロックされていなかった部屋のドアを開けると、玄関マットの上に置かれていた切断された頭部を見つけ、その場で嘔吐したという。

その他、手首、腕、上半身、腰部、臀部、足、足首など、切り落とされた体のパーツが、ベッドの上で人の形に配置されていたことも記されていた。

この事件に関連して、帝光大学付属病院の女性看護師が行方不明になっている、というニュースも流れていた。実名は公表されていなかったが、結花子のことだ。

樋口刑事殺害に関与していた可能性があるため、警視庁がその行方を追っている、と緊張した表情でテレビのアナウンサーが説明していた。

翌日、十二月二十五日の朝、わたしは水道橋の警察署に呼び出され、詳しい事情を聞かれた。帝光大付属病院の医師や看護師たち、そして立原教授もそこにいた。

刑事たちの質問は、結花子がどこにいるか、という一点に集中していた。病院関係者たちは、彼女の人柄なども聞かれたようだが、わたしと立原教授に対して、その種の質問はなかった。

聞かれたとしても、毎日の仕事や生活についてはわからないし、それほど親しいわけではない、と繰り返すしかなかっただろう。

他の関係者より事情聴取が早く終わったため、わたしたちは東京メトロ後楽園駅近くの喫茶店に入った。無言のまま、立原教授がホットコーヒーに口をつけた。

大学は冬期休暇に入っていたが、カウンセリングルームは二十六日まで開いている。付属病院精神科の主任教授である立原教授も、同じく二十六日まで大学に出ると聞いていた。

二人とも仕事が残っていたが、まっすぐ大学へ戻る気になれなかった。取り調べではないにしても、緊張やストレスがあった。

「羽島くんがどこにいるか、白崎くんは本当に知らないのか？」

唐突に立原教授が口を開いた。知っていたら話しています、とわたしは紅茶にミルクを注いだ。

「わたしと彼女が初めて会ったのは今年の四月で、ある程度親しくなったつもりですけど、お互いの家へ行ったことさえないんです。二人だけで食事したことも、一度か二度あっただけで、周りの人が思うほど親密だったわけではありません。羽島さんとは性格も違いますし……」

もっと親しいと思っていたよ、と立原教授が顎髭に触れた。

「LSでは、よく二人で話してただろう？　何というか、いわゆるガールズトークだ。楽しそうに見えたが……」

立原LSの研究生は男性二名、女性二名です、とわたしはスプーンでミルクティーを掻き回した。

「どうしても女性同士で話す機会が多くなります。仲がいいとか悪いとか、そこまでの関係性はありません。普通に接していただけです」

電子タバコをくわえた教授が、この店は禁煙か、と顔をしかめた。

「それにしても、信じられんな。羽島くんが日比野くんを殺したと、警察は考えている。そんな馬鹿な話があると思うか？」

ないと思っていましたが、とわたしは小さく首を振った。

「日比野さんが羽島さんにしつこく付きまとっていたのは、わたしも岸辺さんも知っていましたし、本人から相談されたこともあります。ストーキングに近いことをされていた、とも聞いています。羽島さんはおとなしい性格に見えますけど、どう言えばいいのか……リミッターが外れると、何をするかわからないところがある、とは思っていました。ただ、日比野さんを殺したとまでは……やっぱり信じられません」

どっちつかずの答えになってしまったのは、わたし自身が混乱していたためだった。そんなはずがないという気持ちもあったし、あり得るかもしれない、とも思っていた。

友人、と言えるかどうかは別として、わたしと結花子はお互いを見知っていたし、つきあいもあった。そのため、客観的な判断ができなくなっていた。

日比野くんが執拗だったのは事実だ、と立原教授が電子タバコのカートリッジをテーブルの上に置いた。

「彼にはそういう一面があった。悪い男ではないが、粘着気質というのかな……羽島くんが不快に思っていたのは、私も知っている。だが、だから殺すというほど短絡的な人間ではないだろう」

うなずいたわたしに、岸辺くんの件にしてもそうだ、と立原教授が首を傾げた。

「私も樋口刑事から話を聞いている。羽島くんが自殺に見せかけて岸辺くんを殺害した疑いがある、と彼は言っていた。そんなことがあるはずないだろう。一般論で言えば、女性にとってストーカーは恐怖の対象だから、窮鼠《きゅうそ》猫を嚙むじゃないが、しつこく迫られて、衝動的に殺してしまったと考えることもできる。だが、羽島くんはそんな馬鹿な真似はしない。彼女に岸辺くんを殺害する理由はない」

それは警察の人にも話しました、とわたしはうなずいた。

「ただ、樋口さんはDID、解離性同一性障害の可能性を考えていたようです。会った時も、DIDについて質問されました」

彼は私の研究室にも何度か来ていた、と立原教授が言った。

「それは知らなかっただろう？　熱心な男で、よく勉強していたよ。刑事は日常的に犯罪者と接する機会が多いから、体系的な学問ではないにしても、経験という意味では私たち精神科医に勝るところがあるのは否めない」

フィールドワークが豊富だったのはその通りです、とわたしは言った。

彼がＤＩＤについて徹底的に調べていたのは確かだ、と立原教授がコーヒーに砂糖を足した。「例の雨宮リカという女と羽島くんは、同じ広尾、しかも極めて近い場所に生まれ育っている。小さい頃、羽島くんが雨宮リカについて噂を聞いていたはずだ、という樋口刑事の想定は間違っていない」

そんな人は何万人といたはずですと言ったわたしに、影響には個人差がある、と立原教授が口元を歪めた。

「同じ話を聞いても、笑う者もいれば泣く者もいる。笑うにしても、大笑いするのか、失笑レベルか、それは個人の感覚次第だ。雨宮リカと彼女が起こした事件について、過剰な反応を示した者がいてもおかしくない。その中には、強い影響を受けた者、つまりリカの心理に感染した者もいただろう」

雨宮リカはかなり壮絶な環境で育ったようだ、と立原教授が声を低くした。

「父親は医師だが、浮気癖があった。母親は嫉妬心の塊で、虚栄心が強かった。周囲に対して、完璧な家庭でなければならないという強迫観念があったと考えられる。そのストレスが子供に向かい、虐待という形になったと樋口刑事は話していた」

それは聞いてません、とわたしはティーカップを見つめた。同じような環境に育ったとすれば、雨宮リカの心理にシンクロする可能性が高くなる、と立原教授が自分のカップを爪で弾いた。

「同調というより、感応と言うべきかもしれない。まさに心理感染だな。よく似た環境の下、同じ経験をした者同士の心理的なシンクロは容易だ。虐待された子供にDIDが多いのは、君も知っているだろう」

「では、樋口さんの考えは正しいと？　羽島さんがDIDで、もうひとつの人格が雨宮リカの心理に感染し、リカと同じように人を殺したということですか？」

今のは一般論だ、と手を伸ばした立原教授がわたしの肩を軽く叩いた。

「そういう現象が起こり得るのは確かだし、DIDでも理論上は成立する。だが、羽島くんは違う。彼女は両親からDVを受けてもいないし、DIDでもない」

そうだと思いますが、とわたしはまたミルクティーをスプーンで掻き混ぜた。

「彼女は男性の前と女性の前とで、態度が露骨に変わるところがありました。悪く言ってるのではなく、そういう女性が多いのは事実です。ただ、それが極端な形で現れるのは、ある種のDIDと考えられないでしょうか？」

驚いたな、と立原教授が口を大きく開けた。

「女性の中に、対男性、対女性で、自分を使い分ける者がいるのは本当だ。実際には、男性だって同じだよ。だが、それはＤＩＤと関係ない。公認心理師の君なら、それぐらいわかっているると思っていたがね……それに、羽島くんはそういうタイプの女性ではなかった」

わたしはスプーンをソーサーの上にそっと置いた。立原教授は優秀な精神科医、心理学者だが、男性である以上、その種の女性心理を理解することはできない。論理として、理屈としてはともかく、感覚的にわからないのだ。

彼女には付属病院の外科部で親しい友人がいなかったという。当然の話で、結花子ほど露骨に男性の前で態度を変える女性が、同性から好かれるはずがない。

結花子にとって、女性の評価はどうでもよかったのだろう。男性からどう見られているか、彼女にとって重要なのはそれだけで、女性の友人は不要だとさえ思っていたはずだ。

結花子に限らず、そういう女性は決して少なくない。多かれ少なかれ、女性なら誰でもそういう一面を持っている。

結花子がＤＩＤではないと立原教授が言っているのも、間違いではない。人格解離とはまったく次元が異なる話で、結花子のような女性をすべてＤＩＤとすれば、全女性の半数以上が解離性同一性障害と診断されるだろう。

ただ、ひとつだけ気になっていたのは、結花子の性格だった。周りの男性をすべて自分の側につけなければ気が済まないところが、彼女にはあった。

日比野があれほど結花子に執着するようになったのは、彼女が意識的に、あるいは無意識のうちに発していた媚態のためだ。その点では、日比野にも同情の余地があった。

わたしと岸辺は交際していた。それは立原教授、日比野、そして結花子も知っていた。順調そうで羨ましい、とからかうような口調で結花子が言ったこともあった。頑張ってねというエールだと、わたしは思っていた。

だが、潜在的に彼女は嫉妬していたのかもしれない。自分ではなく、わたしと楽しそうに過ごしている岸辺を、心のどこかで憎んでいたのではないか。

自分の思い通りにならない岸辺に苛立ち、だから殺したという可能性は否定できない。それは雨宮リカが起こした事件と、まったく同じ構造だ。

樋口から聞いた話や、他の情報を繋ぎ合わせると、リカはネットで知り合った男性に好意を持ったが、拒否されたことで最悪のストーカーと化した。リカは男性を〝自分のもの〟にするため、手足を切断し、その他眼球を抉り、耳や鼻、舌などを切り取り、完全に自由を奪ったという。

リカに拉致されてから、男性は約十年間生きていた。目も耳も鼻も舌も、そして腕や足がなくても、人間は生存できる。

一個の肉塊と化したものを、人間と呼んでいいのか、それはわからないが、ミキサー食、あるいは点滴によって栄養を補給し、排泄や入浴などを介助すれば、死ぬことはない。心臓も、脳も、生き続けることができる。

思い通りになる男を、リカはそういう形で手に入れた。結花子はどうだったのか。

異常な形だったが、リカは男性を愛していた。愛している者を殺すことはできないし、殺そうと考えたことさえなかっただろう。

だが、結花子にとって、日比野はもちろんだが、岸辺も愛情の対象ではなかった。彼女が望んでいたのは、自分の思い通りになる男性がそばにいることだけだ。

だが、岸辺はわたしを選んだ。それは結花子の意に反することだった。その罰として、自殺に見せかけて岸辺を殺害したのではないか。

あり得ない、と立原教授が言うのはわかっていた。常識で考えればその通りだし、わたしも結花子がそんなことをするはずがないと信じている。それでも、疑心は消えなかった。

解離性同一性障害、ＤＩＤとは、昔流に言うと多重人格だ。仮に結花子がＤＩＤだったとしても、それは彼女の心、つまり脳内で起きている現象に過ぎない。

その正確な見極めは、どんな名医にも不可能だ。どれほど医学が発達し、脳に関する研究が進んでも、絶対的な正答は得られないだろう。

結花子がＤＩＤなのか、そうではないのか、公認心理師のわたしにはわからない。だが、それは精神科医である立原教授も同じだ。

誰にとっても脳は未知の領域であり、解明できていることは、数パーセント程度でしかない。

もし、という前提が許されるなら、結花子がＤＩＤだったと考えると、日比野殺しも岸辺殺しも、合理的な説明が可能になる。

複数の人格が彼女の中にあったとすれば、コールドケース班が追っていたという四件の未解決殺人事件との関係もわかるかもしれない。

それぞれの犯行時に人格が入れ替わっていたのなら、利き腕が違うことも、腕力に差があったことも、刺す方向が違っていたことも、人格変異によって肉体的特性に変化が生じたため、と考えることができる。

だが、すべては〝もし〟〝ｉｆ〟であり、仮定によって得られた結論に意味はない。いくら考えても、どうなるものでもなかった。

羽島くんのことが心配だ、と立原教授がコーヒーカップを取り上げた。

「一体何があったのか……せめて連絡があれば――」

先生、とわたしは囁いた。立原教授の後ろの大きな窓から、外が見えた。

四車線の大きな道路があった。春日通りだ。

「あそこに……女の人が立っています。背の高い、痩せた髪の長い女が……」

振り返った立原教授が、どこだ、と顔を左右に向けた。

「右です。先生から見て右側の携帯ショップの出入り口の前に……」

どこにそんな女がいる、と立原教授が顔を戻した。一瞬の間に、女が消えていた。

確かにいたんです、とわたしは腰を浮かせた。

「顔色が悪くて、まるで……枯れ木のような体つきでした。ノースリーブのワンピースを着て……」

この寒い時期にそんな服を着ている女はいない、と立原教授がコーヒーカップをソーサーに戻した。

「店の脇にタレントの立て看板がある。それと見間違えたんだろう」

そうかもしれません、とわたしはソーサーごとティーカップを持ち上げた。陶器が触れ合うかすかな音がいつまでも続いた。手の震えが止まらなかった。

3

『刑事殺害、警視庁の捜査、大詰めに／一昨日起きた警視庁特命捜査対策室の現職刑事が自宅で殺害された事件に関し、警視庁は帝光大学付属病院に勤務する女性看護師を重要参考人として事情を聞くことを決めた。現在、女性看護師は所在不明で、警視庁幹部はその発見に全力を尽くすとコメントしている。また、この女性看護師は帝光大学文理学部講師の放火殺人への関与も疑われている。病院関係者は「信じられない」「そういう人ではなかった」と話し、同病院院長是枝《これえだ》教授は「行方がわからなくなっていることが心配。理由があって連絡がないと思っているが、無事なら大学、あるいは自分に伝えてほしい」と話した。女性看護師が自殺した可能性もあるとして、警視庁はその捜索を急いでいる（十二月二十六日、東洋新聞朝刊）』

4

事情聴取から、丸一日が経った。その間、警察から連絡は一切なく、詳しい話を聞くことはできなかった。

二十六日の朝刊を読み、テレビのニュース番組を見ながら、わたしは自分の部屋で考えを巡らせていた。風邪気味なので半休を取る、とカウンセリングルームに連絡していたので、時間はあった。

立原教授と喫茶店で話をしていた時、一瞬だったが、わたしは店の外に立っている背の高い瘦せた女をはっきりと見ていた。

春日通りを挟んでいたし、車の往来もあった。目を離した隙にその姿は消えていたが、女がいたのは間違いない。

奇妙に聞こえるかもしれないが、人相についてはほとんど印象がなかった。顔色が悪いと思ったが、目は、鼻は、口は、そう聞かれても答えられない。似顔絵を描くようにと言われても、輪郭ぐらいしか描けないだろう。

覚えているのは、女の体つきだけだ。かなり大柄で、身長は百七十センチ前後、手足は棒のようだった。

瘦せ型、ということではない。異常なほど、病的に瘦せていた。

着ていたのはノースリーブのワンピースで、白もしくは薄いピンク色だったと思うが、確かではない。何かの柄がプリントされていたような気もするが、それもはっきりとした記憶はなかった。

剝き出しになっていた腕、そして顔色は茶に近く、土気色《つちけ》と言った方が正しいかもしれない。それもまた、病人を連想させた。内臓疾患者の中には、異常に顔色が悪い者がいるが、あの女もそうだったのだろうか。

真っ黒な髪が肩の下まで伸びていたが、他に覚えているのは赤いハイヒールを履いていたことだけだった。

人間の記憶は曖昧なもので、何かを見た直後は鮮明に覚えていても、時間の経過と共に記憶自体が変容していく。黒を白、赤を青、と断定することさえある。わたし自身、自分の記憶がどこまで正しいか、確信はなかった。

アメリカの大学で、担当教授が大学生たちにバスケットボールの練習風景の映像を見せた、という有名な実験がある。その映像の途中で、ゴリラのぬいぐるみを着た男が選手たちの間を通り過ぎて行ったが、映像を見終わった後、大学生たちにゴリラのことを質問すると、覚えていた者は数パーセントしかいなかった。

この実験は先入観による記憶のすり替えの証明のために実施されていたが、特に珍しい現象ではない。人間の脳は先入観や思い込みによって、恣意的に記憶を変えてしまう。

都合の悪い事実を削除し、新たに自分が作った記憶で上書きすることも可能だ。パソコンのデータ交換と同じで、難しい作業ではない。

意図してのことではなく、ほとんどの場合は無意識による。そのため、嘘をついていると本人は考えない。記憶違いを指摘されると、怒り出す者もいるほどだ。

この実験では、担当の教授がゴリラがいたと説明しても、多くの大学生がそんなことはなかったと否定した。その後、改めて映像を見せても、映像そのものを取り替えたと主張する者もいたという。

公認心理師として、わたしは記憶について学んだ時期があった。多くの場合、本人が思っているほど、記憶は当てにならない。

ただ、あの時、痩せた女が道路の反対側に立っていたのは、絶対だと断言できた。

細かい部分では記憶違い、錯覚があるかもしれない。顔色や肌の色などは、何かの陰になっていたため、暗く見えたということも有り得る。

異常なまでに痩せて見えたのも、大柄というのも、印象に過ぎない。だが、確実にあの女は存在していた。

振り返った立原教授が、どこにそんな女がいると言ったのは、見ていた方向が逆だったからだ。春日通りの道幅は二十メートル近いから、すぐに見つからなかったのは無理もない。携帯ショップの前ですとわたしが言うと、教授が視線の向きを変えたが、女の姿は消えていた。

真冬といっていい十二月の末に、ノースリーブのワンピースを着た女性が立っていたとしても、異様ではあるが、ないとは言い切れないだろう。ジャケットやコートを着ていなければ凍えるほど寒かったが、何か事情があったと考えることもできる。

ただ、あの女は樋口が話していた雨宮リカにそっくりだった。身体的特徴はなぞったように同じで、ワンピースを着ていたこともそうだ。

雨宮リカと結花子について、樋口がその関連性を説明した時、わたしは彼の話を全面的に信じていたわけではなかった。

結花子が六歳の頃、リカがストーキングしていた男性を拉致、監禁したのは、一部のニュースサイトに今も記事が残っている。その後の経緯についても、樋口は事実をそのまま話したのだろう。

だが、結花子がリカ事件の影響を受け、リカと自分自身を同一化したとは考えられなかった。子供が他者からの影響を受けやすいのは確かだが、結花子とリカが接触していたとは思えないし、結花子の側に、リカとの自己同一化を図る理由はない。二人の間に心理感染が起きるはずもなかった。

日比野のコーポが放火された時、現場付近で背の高い女が目撃されていた、と樋口が話していたが、それも偶然に過ぎないと思っていた。たまたま通りかかった近隣住人ということもあるだろうし、事件とは無関係だった可能性の方が高い。

その女が結花子だ、と樋口が考えていたのはわかっていたが、痩せた背の高い女など、どこにでもいる。痩せている、背が高い、顔色が悪い、それらはすべて目撃者の印象であり、別の人間が見れば違っていたかもしれない。

常識で考えれば、結花子がリカに変装して日比野のコーポに放火し、その場に留まることなどあり得ない。目撃された女は事件と無関係だと考えていた。だが、春日通りであの女を見た時、自分が間違っていたとわかった。

あれはリカだ。

あの女はわたしと立原教授を見ていた。もし雨宮リカではないとしても、限りなくリカに近い何かだった。

結花子はスリムな体型で、身長も百七十センチ近い。体型がリカとよく似ているのは、樋口も何度か口にしていた。

ただ、四月から十二月まで、最低でも週に一度は会っていたし、病院ですれ違えば、立ち話をすることもあった。親しい友人とまでは言わないが、結花子本人であれば、必ずわかっただろう。

春日通りにいた女は、結花子ではない。では、誰なのか。樋口が調べていた四件の未解決事件の犯人なのか。

だが、そうなると説明できないことがある。わたしも立原教授も、警察の人間ではない。未解決事件について、意見こそ求められていたが、捜査に加わっていたわけではなかった。

そんなわたしたちのことを、犯人が知っているはずもない。だが、あの女は確かにわたしと立原教授を見ていた。

（まさか）

思わず、わたしは立ち上がっていた。結花子がＤＩＤだったのではないかという樋口に、その可能性はないと答えたが、彼の方が正しかったのではないか。

解離性同一性障害については、さまざまな症例が報告されている。有名なビリー・ミリガンは二十四の人格を持っていたが、三十人以上という者も少なくない。

二つであれ、三十以上であれ、多くの場合、その人格はまったく別のものになる。男性、女性という性別、幼児、子供、大人、老人。

稀にだが、人種まで異なることもあった。使用言語が四つ以上ある者も報告されている。

あの時、春日通りにいた女は、結花子ではなかった。身長や体型はともかく、全体の雰囲気がまったく違った。

だが、人格変容のため、結花子に見えなかったのかもしれない。顔色や肌の色が違っていたのも、異なる人格になったことで、肉体的な特徴が変化したと考えることができた。

寒い冬空の下、結花子がワンピース一枚の姿でいるはずがない、だからあの女は結花子ではないと思ったのも、先入観に過ぎない。別の人格になっていたのであれば、何を着ていても不思議ではなかった。

スマホの画面に、11：55という数字が表示されていた。そのままスワイプして電話番号に触れると、四回目のコールで、私だ、という立原教授の声が聞こえた。

「先生……今、どちらですか？」

駅へ向かっている、と返事があった。

「大学を出たところだ。昨日の今日で、疲れてしまってね。早退したんだ……どうした、何かあったのか？　君こそどこにいる？」

自宅です、とわたしは答えた。

「聞いてほしいことがあって……羽島さんのことですが、彼女が今いる場所に、心当たりがあります」

どこだ、と鋭い声で立原教授が言った。会って話せないでしょうか、とわたしはスマホを耳に押し当てた。

「仮説を立てたのですが、それが正しいとすれば、彼女がどこにいるかわかります。でも、わたしの思い込みなのかもしれません。先生の意見を伺いたいんです。もし正しいとしても、わたしたちがいきなりそこへ行けば、羽島さんは自殺するかもしれません。宮内静江がそうだったように……」

今、板橋本町の駅前だ、と立原教授が言った。車のクラクションの音が聞こえた。

「とにかく、会って話を聞こう。白崎くんの自宅は志村坂上だったな？　駅の近くに店があるだろう。どこでもいいから――」

母を一人にはできません、とわたしは首を振った。

「それに……他人に聞かれたくありません。喫茶店で話せるようなことではないんです。ご面倒かもしれませんが、わたしの家まで来ていただけないでしょうか。道はわかりやすいですし、駅まで迎えに行きます」

「他人に聞かれたくないというのは……どういう意味だ？」

羽島さんを守るためですと言ったわたしに、住所を教えてくれ、と立原教授が小さくため息をついた。

「すぐにタクシーで君の家に向かう。十分か二十分か、それぐらいで着くだろう。いいね」

待っていますとだけ言って、通話を切った。スマホの画面の数字が、12：00に変わっていた。

5

家のチャイムが鳴ったのは、その十五分後だった。玄関のドアを開けると、茶色いウールのジャケットを着た立原教授が立っていた。表情は暗かった。

スリッパを並べて置くと、お母さんの具合はどうだ、と抑えた声で言った立原教授が顔を上に向け、鼻の下に指を当てた。

お気遣いありがとうございます、とわたしは頭を下げ、リビングに続くガラスのドアを押し開けた。

「昨日、母がリハビリに行ってもいいと言ったので、予約を入れていたんですが、すっかり忘れていて……先生との電話のすぐ後、施設の人が迎えに来たんです。そのまま、母はリハビリに行きました。一、二時間ほどで戻るはずです。でも、その方が良かったかもしれません。母がいると話しにくいこともあるので……座ってください、今コーヒーをいれます」

羽島くんはどこにいる、と立原教授が椅子に腰を下ろした。

「いや、その前に話を聞こう。彼女が自殺するかもしれないと言っていたが、どういう意味だ？　なぜ羽島くんがそんなことをしなければならない？」

「わたしと彼女は友人でした」コーヒーメーカーのスイッチを入れ、わたしは食器棚からマグカップを取り出した。「LSで会えば、いろんな話をしていました。先生も岸辺さんも日比野さんも男性です。女性同士でしか話せないこともあるんです」

わからなくもない、と立原教授が眼鏡を外して目元を拭った。わたしは二つのマグカップに注いだコーヒーをテーブルに置き、自分も座った。

「いわゆるガールズトークです」そのままコーヒーに口をつけた。「わたしたちもいい年齢ですから、あけすけな話もしていました。ファッションや食事、ダイエット、もちろん恋愛についても、お互いに話していたんです」

そういう話題で女性が盛り上がるのは知ってる、と立原教授が首を右に曲げた。

「そんなことはいい。彼女は今どこにいる？　君たちの恋愛トークについて、聞いている時間はない」

「恋愛は難しい……わたしたちの結論はいつも同じでした」

「……何の話だ？」

岸辺さんと付き合っていました、とわたしは言った。

「周りがどう思っていたかわかりませんが、正直に言うと、わたしたちの関係はそれほどうまくいってなかったんです」

そんなことはないだろう、と苦笑した立原教授がマグカップを取り上げた。

「岸辺くんから、君の話をよく聞かされたよ。はっきり言えば、のろけ話だな。結婚を前提に付き合っていると、自慢げに言っていた。彼が亡くなって、ショックなのはわかるが

——」

母が交通事故に遭ったことがきっかけでした、とわたしは首を振った。

「両足を骨折した母の介護をするのは、娘のわたししかいません。そのために時間を取られて、岸辺さんと会う機会が減って……心が離れてしまったのは、そのためなんです」

コーヒーをひと口飲んだ立原教授が顔をしかめた。もうひとつ理由があります、とわたしはテーブルにあったシュガーポットを前に押しだした。

「結花子です。前にもお話ししましたが、彼女は彼に好意を持っていました」

あり得ない、と立原教授がマグカップに砂糖を入れて、スプーンで掻き混ぜた。

「彼女は君と岸辺くんが交際していたのを知っていた。友人の恋人に手を出すような子じゃない」

結花子はそんなことをしません、とわたしは両手でマグカップを持った。

「態度で匂わせるだけで、後は待っている……消極的ということではなく、一種の駆け引きなんです」

馬鹿馬鹿しい、と立原教授が顔を横に向けた。岸辺に好意を持っていると結花子が言ったんです、とわたしは話を続けた。

「わたしたちが付き合っているのはわかっているけど、好きになってしまったと……その頃、岸辺との関係がうまくいってなかったこともあって、もし彼が結花子を選ぶのであれば、身を引くと答えました」

「君と別れることなど、岸辺くんは望んでいなかった」

そうかもしれません、とわたしはうなずいた。

「でも、わたしの本心は違っていたんです。交際を申し込まれて、付き合うようになりましたけど、本当は別の理由があったんです」

そんなことはどうでもいい、と立原教授が左右に目を向けて、小さく頭を振った。

「羽島くんがどこにいるか、思い当たる場所があると言っていたな？　それはどこだ？」

岸辺の部屋です、とわたしは言った。

「岸辺の死体が発見された後、ご両親が彼の部屋に行ったと、樋口さんに聞きました。数人の刑事が同行したそうです。ご両親の目的は遺品整理でしたが、警察は岸辺の自殺の原因、動機を調べるためだったと……」

その話は聞いた、と立原教授が鼻の辺りに触れた。

「だが、特に何もなかったそうだ。宮内静江の自死を止めることができなかったことが、岸辺くんの自殺の理由で、それについては結論が出ている」

結花子は岸辺の部屋に隠れているんです、とわたしは立原教授のマグカップにコーヒーを注ぎ足した。

「警察が彼女を重要参考人として捜しているのは、日比野さん、岸辺、樋口刑事の死に関与していたと考えているからで、実質的には容疑者なんです。徹底的に彼女の行方を追っているはずで、例えばホテル、ネットカフェ、その他の宿泊施設はとっくに調べたでしょう。実家や親戚、友人の家も同じです。それでも見つからないのは、想像さえできない場所に隠れているからです」

それが岸辺くんの部屋だというのか、と立原教授が下唇を突き出すようにした。

「ご両親は岸辺くんの遺体を引き取り、越谷に戻っている。彼の死は自殺で、事件性はないと警察も判断しているから、その後誰も彼の部屋に行っていないはずだ。羽島くんと彼は同じLSの研究生という関係しかない。君が言うように、誰も彼女が岸辺くんの部屋に隠れているとは考えないだろう……だが、鍵は？　どうやって岸辺くんの部屋に入った？」

岸辺のマンションの鍵は暗証キーです、とわたしは人差し指を立てた。

「彼の部屋に行ったことがありますが、ドアロックの暗証番号を押せば、それだけで開きます。あえて聞きませんでしたが、誕生日か何かの番号だったことは、想像がつきます。結花子も彼の誕生日を知っていました。ロックを解除するのは、難しくなかったでしょう」

信じられん、と立原教授がテーブルを強く叩いた。

「そんなこと、あるはずがない。だが、万一そうだとしたら……すぐ岸辺くんの部屋に行こう。まず確認しないと――」

待ってください、とわたしは腰を浮かせた立原教授の腕を押さえて座らせた。

「結花子が日比野さんと岸辺、そして樋口刑事を殺害した可能性がある、と警察は考えています。山茂警部補が話していましたから、間違いありません」

あの男はどうかしている、と立原教授が眼鏡をずらして瞼を押さえた。

「彼女があの三人を殺したと警察が考えているとしたら、それは間違いだ。あの子は何もしていない。証拠だってないし、警察が彼女を捜しているのは、あくまでも参考人としてで――」

でも疑われているのは事実です、とわたしは立原教授の手を取った。

「結花子が三人を殺したとすれば、彼女の精神状態は不安定になっているでしょう。わたしたち、あるいは警察が岸辺の部屋へ行き、結花子を見つけても、その場で自殺する恐れがあります。下手に刺激すれば、何をするかわかりません」

意味がわからん、と立原教授が手を引いた。

「では、どうしろと？　確かに、強引に踏み込めば、何があるかわからんが……いや、違う。あの子は何もしていない。人殺しをするような子じゃないんだ」

立原教授の肩が、上下に大きく揺れていた。冷静になるべきです、とわたしはコーヒーを勧めた。

「わたしたちが岸辺の部屋に行き、結花子を説得して警察に出頭させるのが、一番安全だと思います。ですが、何か不測の事態が起きたら、わたしたちの責任になります。それでも構わないんですか？」

我々の責任より、彼女の安全の方が優先される、と虚ろな声で言った立原教授に、どうしてですか、とわたしは顔を近づけた。

「先生、どうしてそんなに結花子をかばうんです？　彼女は岸辺に好意を持っていたんですよ？　それだけじゃありません。外科部の医師や患者とも関係を持っていると、得意そうに言ってました。結花子はそういう女なんです」

あの子は誤解されやすいところがある、と眼鏡を外した立原教授が体を引いた。

「熱心で、優秀な看護師だ。医師の意を汲み、指示に従い、仕事を的確にこなす……一部の患者に、冷たい態度を取ることがあったと聞いているが、それも患者の回復のためだったんだ。迷い込んできた野良猫を毒入りの餌で殺したというのも、タイミングが悪かっただけで、あれは老衰だったんだ。あの子は何も悪くない」

ずいぶん詳しいんですね、とわたしは更に顔を近づけて、立原教授の目を覗き込んだ。

「先生は精神科の医師で、外科部と直接の関係はありませんよね？　看護師としての結花子の仕事を見たこともないはずです。ＬＳ以外での接点もなかった。そうでしょう？」

本人から聞いた、と立原教授がマグカップに手を伸ばした。かすかに指先が震えていた。

「あの子を嫌っている看護師や患者がいたのは事実だ。そういう話は伝わってくるからね……努力すればするほど悪く言われると相談された。あの子は自分自身を責めていたが、そんな必要はないと……」

先生は騙されています、とわたしは首を振った。

「男性に悩みを相談し、同情させて気を引く。蜘蛛と同じです。何十本、何百本も糸を張って、獲物がかかるのを待っている。そういう女なんです。どうしてわからないんですか？」

そんな子じゃない、と立原教授が目をつぶった。先生、とわたしはもう一度その手を握った。

「どうしてなんです？　どうして結花子のことしか見ないんですか？　どうしてわたしのことを見てくれないんです？　わたしがこんなに先生のことを愛しているのに……ＬＳのたびに、毎回忘れ物をしたのは、先生と会いたかったからで――」

何を言ってる、と目を開けた立原教授が腕を払おうとしたが、力は入っていなかった。わたしは立ち上がり、自分の胸に立原教授の顔を押し付けた。

「ずっと好きでした。先生のそばにいたかったから、立原ＬＳに入ったんです。それなのに、先生は結花子のことばっかり……あんな女、どこがいいの？　従順そうに見えたから？　自分が守ってやるって思ったの？　馬鹿みたい、あんな簡単な手に引っ掛かるなんて、それじゃ日比野と同じじゃない」

君は、と体を離した立原教授がマグカップを見つめた。

「……何を入れた？　まさか、睡眠薬か？」

先生はやっぱり頭がいいんですね、とあたしはにっこり笑った。

「亜矢、頭のいい人大好き。パパみたいで、尊敬しちゃうよ」

触るな、と立ち上がろうとした立原教授の足がよろめいた。

「白崎くん、自分が何をしているかわかってるのか？　私は……」

亜矢は先生のことが好き、とあたしは微笑んだ。

「でも、先生は一度も亜矢のこと、ちゃんと見てくれなかったよね。亜矢、知ってるんだよ。先生と結花子は研究室で抱き合ってたよね。どうして？　どうして、亜矢には何もしてくれないの亜矢は先生のことしか見てなかったのに亜矢のことぜんぜんみてくれないしふれてもくれないしキスもしてくれないしだいてもくれないしあやせんせいのことキライダイキライあやのことみてくれないせんせいなんかどうでもいい」

君は誰だと言った先生の肩を、あたしは軽く押した。椅子ごと床に倒れ込んだ先生が、呻き声を上げた。

「先生、ごめんなさい。亜矢、ウソついちゃった、結花子は岸辺の部屋になんかいない。あの子がいるのはここ」

キッチンの冷蔵庫の扉を開くと、先生が口に手を当てて茶色い水を吐いた。両目から涙が溢れていた。

そうだよね、結花子の頭が入ってるんだもん、気持ち悪くなるよね。

「あの子、頭が悪いから、相談があるって言ったら、すぐにここへ来た。亜矢は最初から、あの子のこと大っ嫌いだった。さっきも言ったでしょ？　蜘蛛と同じなの。先生だってゴキブリとか蠅とか殺すでしょ？　亜矢もそう。お薬を飲ませて、眠った結花子の首をお風呂場で切り落とした。かわいそうだなんて思わない。だって、害虫だもん。駆除するのは、当たり前じゃない？」

先生の口から、黄色い胃液が溢れ出した。涙も鼻水も出てた。汚い。気持ち悪い。馬鹿みたい。

がっかり。もう、あたしの好きな先生じゃなくなっちゃった。

「先生、亜矢はすごく寂しかったんだよ。先生は亜矢のこと見てくれなかった。こんなに想ってるのに、結花子のことばっかり……だから、先生の目はいらないって思うの。亜矢のこと見てくれない目なんて、あっても意味ないでしょ？」

くぐもった叫び声を上げた先生の口に、ポケットに入れていた丸い石を押し込んだ。そしたら、急に静かになった。

シンクの下の引き出しを開けて、包丁を取り出した。その刃先を先生の目に当てると、白目が赤く染まった。ちょっとキレイだなって思った。

6

開けた口に、大きなおばさんが小石を押し込んだ。ひとつ、ふたつ、みっつ、よっつ、いつつ。

「あやちゃんにはわからないだろうけど、親子の繋がりって何よりも強いの。それはリカもわかってる。あやちゃんのママには悪いけど、リカとあやちゃんのパパは愛し合ってる。誰よりも誰よりも深く愛し合ってるの。でも、あやちゃんだけは違う。あなたのパパがあやちゃんを想う気持ちには、リカもかなわない。それは仕方ないの。だって、親子だから。ああ、本当に悔しい。リカはね、あやちゃんのこと、嫉妬してる。リカもたかおさんに、あやちゃんに負けないぐらい愛されたい。だってリカはこんなにもたかおさんのこと愛してるんだもの。不公平だと思わない？　だからね、リカはあやちゃんに魔法をかけることにした。リカもあやちゃんのことが可愛いし、大好きだけど、やっぱり悔しいから、あやちゃんの背中に大きくバツって書いたの。あやちゃんはまだ小さいから、すぐにこんなこと忘れてしまう。でも、本当にバツ印を刻んだのは、あやちゃんの心。あやちゃんはね、パパのことしか愛せなくなる。パパのこと好きでしょ？　でもね、残念でした。たかおさんはリカのものになる。あやちゃんはもうパパと会えない。かなしいよね、リカにはわかるほんとうにかわいそうだけどしょうがないのだってリカはたかおさんのものだしたかおさんはリカのものだしそれはうんめいでだれにもかえられないだからあやちゃんはずっとひとりぼっちになってしまうからそれじゃかわいそうすぎるだからひとつだけリカはゆるしてあげるパパにそっくりなひとがいたらしあわせになってもいいよたくさんあいしてあげてリカはたくさんたくさんたくさんたくさんそうしたらきっとそのひとがパパのかわりになってくれるからわかったわかったでしょリカやさしいでしょあやちゃんのことすきだからリカやさしいよねかわいいからまほうをかけてあげるのそれがあやちゃんにとってリカいちばんしあわせなことなのあやちゃんがしあわせならリカもパパもうれしいわからないのどうしてわからないのどうしようリカどうしようねむりなさいねだってリカのことはわすれてパパのこともわすれるのさよなら」

耳元で囁いていた大きなおばさんが、口から小石を取って、離れていった。すごい息が臭かった。覚えているのは、それだけ

7

玄関のドアを開け放したまま、山茂は煙草に火をつけた。目の前を通り過ぎた鑑識員が、まずいですよと囁いたが、それ以上何も言わなかった。

事件現場での喫煙は厳禁だ。警察官にとって、それは常識だった。現場に残っている臭いが、重要な証拠となることもあるためだ。

ただ、山茂にも言い分があった。白崎亜矢の住むマンションの部屋に漂っている異常な腐敗臭に耐えられなかった。それをわかっていたから、鑑識員も強く言わなかったのだろう。

外廊下に目をやると、照明がついていた。夕方五時半、辺りはすっかり暗くなっていた。

一本煙草を吸い終えてから、山茂はリビングに戻った。意識不明の立原教授が病院へ緊急搬送されたこと、一命を取り留めたことは、連絡が入っていた。

ひとつ頭を振って、椅子に座っている女に目をやった。白崎亜矢が微笑んでいた。

体の前で手錠をかけられたまま、口を動かし続けている。その手が、何かを握りしめてい

た。

「何かあったか」

亜矢の左右に立っていた刑事が、いえ、と顔を伏せたまま首を振った。小さくうなずいて、連れて行けと命じた。

二人の刑事が亜矢の両脇に腕を入れて、立ち上がらせた。壁際に立っていたもう一人の若い刑事が、キッチンのシンクに駆け寄り、激しく嘔吐した。

亜矢が握っていたのは、人間の手首だった。切断した立原の手首に残る指に、自分の指を絡ませ、幸せそうに笑っていた。

二人の刑事が亜矢を連れて、リビングから出て行った。マスクをつけた数人の鑑識員が、奥の寝室で作業をしているのが見えた。

しっかりしろ、と山茂はシンクに屈み込んでえずいている若い刑事の背中に手を当てた。

「ついてなかったな、柿原《かきはら》。初めての現場がこれじゃ、吐くのも無理はない。だが、その辺にしておけ」

信じられません、と顔を上げた柿原がハンカチで口元を拭った。十月末、所轄署から本庁に上がり、第五強行犯八係に配属され、山茂の下についたばかりだ。

二十九歳とまだ若く、経験も浅い。山茂の命令に従い現場に入ったが、そこにいたのは手首のない立原教授を膝に乗せ、椅子に座っていた白崎亜矢だった。

一日遅かった、と山茂はため息をついた。

「昨日のうちに、ここへ踏み込んでいれば、こんなことにはならなかったんだが……」

三日前、十二月二十三日の夜、隣の部屋の住人から、異臭がすると通報があった。翌日の昼、交番の警察官が住人に話を聞き、警察官自身も臭いを嗅いでいたが、特に異常ではないと判断し、少し様子を見てはどうかと言った。

異臭といっても、そこまで気になるものではなかった。警察官なら、誰でも同じ対応をしただろう。

念のために、白崎と表札のある部屋をノックしたが返事はなく、改めて訪問すると住人に伝えて、その日は終わった。クリスマスイブということもあり、住人もそれ以上強くは言わなかった。

翌二十五日、同じ警察官が訪れ、臭気が強くなっていると感じた。白崎家のドアを叩いたが、やはり返事はなく、やむを得ず交番に戻り、上長に報告した。

本庁に連絡が入ったのは、その日の夜八時、山茂に情報が伝えられたのは、今日の午後三時過ぎだった。

日比野の放火殺人、岸辺の自殺について、山茂は樋口から報告を受けていた。宮内事件に限り、樋口は強行犯八係とコールドケース班に両属する形を取っていたためだ。

日比野が殺害された夜、現場近くで不審な女性が目撃されていた。体形その他から、樋口が疑いの目を向けたのは、羽島結花子だった。

その後、羽島の過去を調べ、母親をはじめ友人や同僚に話を聞き、その都度報告を上げていた。基本的に刑事は二人一組で動くが、樋口の単独行動を、山茂は黙認していた。コールドケース班の刑事が一人で動くことが多いのを知っていたためだ。

樋口が立てた仮説は、羽島と雨宮リカの間に心理感染があり、羽島の中にリカの人格が生まれ、それが日比野と岸辺を殺害したというものだった。その仮説に基づいて事件を見直すと、羽島がすべての犯人ということになるが、山茂には違和感があった。

根拠があってのことではない。強行犯事件専門の刑事としての直感が、日比野と岸辺の死に羽島は関与していないと告げていた。

山茂さんの命令で、立原教授、そしてLS研究生全員の経歴を調べ直したのは僕です、と柿原が顔を手のひらでこすった。頬に涙の跡が残っていた。

樋口もそうだが、お前ら若い刑事《デカ》は俺のことを古いタイプの刑事だと思ってるだろう、と山茂は柿原の肩を叩いた。

「今じゃ科学捜査が全盛だ。勘がどうしたとか言ってる刑事が時代遅れなのは、俺だってよくわかってる。だが、勘は勘で重要なこともある……刑事ってのは、そういう仕事なんだ」

口を押さえたまま、柿原がうなずいた。樋口はいい刑事だった、と山茂は言った。

「熱心だったし、頭も切れた。ただ、梅本、そして青木という二人の先輩刑事に囚《とら》われ過ぎていたのも確かだ。雨宮リカへの復讐心が、あいつの目を曇らせていた。思い入れは大事だが、そればかりだと見えるものも見えなくなる。樋口があんなことになったのは……いや、今さら何を言っても遅いな」

半分ほど開いていたドアから、山茂は寝室へ入った。籠もっていた空気が、一気に押し寄せてきた。

ベッドの上に、布団の圧縮袋があった。その中に小柄な初老の女性が入っていた。全身を蛆《うじ》が這っている。蠢《うごめ》いている蛆虫を見た柿原が、そのまま床に膝を落とし、口を両手で押さえた。

「俺と樋口で立原LSに行った時、研究生たちにも挨拶したが、名刺を交換したのは立原教授だけだった」

警察官は名刺を持っているが、ほとんど使用しない。警察手帳が名刺代わりになるということもあったが、迂闊に名刺を渡すと悪用される恐れがあるためだ。

「こっちが名刺を渡さなかったから、四人の研究生も出さなかった。名字がわかっていればいいと思っていたが、あれは俺のミスだったな……お前が経歴を調べてくれたおかげで、白崎の下の名前が亜矢だとわかった」

一週間ほど前です、と柿原が言った。うっすらとだが覚えがあった、と山茂は鼻の下を強くこすった。

「雨宮リカが拉致した本間という男には、妻と娘がいた。その娘の名前が亜矢だったのを、思い出したんだ。珍しい名前じゃないが、字まで一緒なのが気になった」

彼女のことも調べました、と柿原が壁に手をついて立ち上がった。

「白崎亜矢が本間隆雄《たかお》の娘だとわかったのは、一昨日のことです。奥さん……白崎亜矢の母親は、本間が行方不明になった後、家裁に離婚を申し立て、認められていました。旧姓の白崎に戻り、一人で娘を育てたそうです」

あれが白崎亜矢の母親だ、と山茂は圧縮袋に顔を向けた。目をつぶった柿原が、一歩下がった。

本間亜矢が雨宮リカに誘拐されたことは、菅原刑事の調べでわかっていた、と山茂は寝室のドアを閉めた。

「亜矢は全裸で意識不明になっていたところを、小学校の向かいにあったパン屋の店主に発見された。背中に赤いペンキで、バツ印が描かれていたのは、病院の医師や発見者の証言も残っている。ただ、本人の記憶は一切なかった。当時、彼女は六歳で、ショックのため一時的に失声症になっていた。何も覚えていなかったのも無理はない。だが、心のどこかに記憶は残っていた」

潜在意識ですね、と柿原が言った。

「何があったんです？」

わかるわけがない、と山茂はポケットティッシュで洟をかんだ。

「二十年以上昔の話だ。雨宮リカが亜矢をさらったのを見ていたのは、友達の女の子だけで、何が起きたのか気づかないまま帰宅している。リカと亜矢、二人だけで数時間を過ごしたはずだが、何があったのか……それは誰にもわからん」

お前の報告を受けて、俺も白崎亜矢の過去を調べた、と山茂は煙草に火をつけた。

「だが、特に何も出てこなかった。心理学に興味を持ち、帝光大大学院修了後、公認心理師の資格を取ったことがわかったが、それだけだ。友人も多いし、明るく活発な女性、と多くの者が話している。俺が会った時の印象もそうだった。疑う理由は何もない。だが……もっと早く気づくチャンスはあった」

「チャンス……ですか？」

立原教授の研究室ではわからなかったが、その後樋口と三人で会った、と山茂は言った。

「板橋本町の喫茶店だ。あの時、俺は異臭を嗅いでいた。古い店だったから、水回りが臭うんだろう、ぐらいにしか思わなかったが、あれは白崎亜矢の体臭だったんだ。それがわかっていれば、樋口は死なずに済んだかもしれない……悔やんでも悔やみきれん。もうひとつ、俺には先入観があった」

「先入観？」

彼女には日比野を殺害する動機がない、と山茂は煙を吐いた。

「逆に、羽島にはあった。樋口が羽島を怪しいと考えたのはそのためだ。そして、日比野の死に白崎亜矢が関与していると考える理由はない」

岸辺の死についても、樋口は偽装自殺と見破っていた、と山茂は先を続けた。

「だが、結婚を前提に交際していた相手を、殺すはずがない。だから亜矢は自動的に容疑者リストから外れた。樋口の事件もそうだ。捜査を担当していただけの刑事を殺す人間がいると思うか？」

確かにそうです、と柿原がうなずいた。

「一連の事件の犯人は白崎亜矢で、それは間違いありません。でも、どうして彼女はあんなことをしたんです？」

俺の義父が寝たきりで、もう三年女房が介護している、と山茂は寝室のドアに目を向けた。

「お前の歳だとわからんだろうが、高齢者の介護は想像以上に大変でな。動けない人間はフラストレーションも溜まる。世話をしてくれる人に対して、苛立ちをぶつけるのも、よくある話だ。何をしても、ありがとうの言葉さえない。不平不満を並べ立て、悪口雑言を吐くだけだ」

　辛い話ですね、と柿原が言った。白崎亜矢の母親もそうだったろう、と山茂は鼻を押さえた。

「交通事故で両足を骨折し、一人で立つこともできなくなったが、それまでは普通に生活していた。何もできない自分が歯痒かっただろうし、怒りもあったはずだ。彼女の夫、本間隆雄は興味本位でインターネットの出会い系サイトに入り、そこでリカと出会った。その後のことは聞いてるな？　リカは本間の両腕、両足、その他目や鼻、耳などを切り落とし、生きているだけの肉の塊となった本間を連れ去った」

　知っています、と柿原がうなずいた。自業自得の一面があるのは否めない、と山茂は話を続けた。

「本間に浮気心があったのは事実で、女房にとっては裏切られたも同然だ。しかも、まともな殺され方じゃない。いや、殺されてすらなかったんだ……あの事件が起きるまで、本間一家は平凡だが幸せな暮らしを送っていた。リカのために人生を壊され、被害者家族なのに、悪い噂ばかりが立つようになった。離婚し、旧姓に戻ってもそれは同じだった。友人や親類とも連絡を断ち、自分の素性を知られないため、他人とつきあわないようにした。社会的な意味で、女房もリカに殺されたんだ」

残酷すぎます、と柿原が呻いた。どうしてこんなことになったのか、と二十年以上苦しみ続けていただろう、と山茂はため息をついた。

「何も悪いことはしていないのに、なぜ自分が責められなければならないのか、不幸な人生を送らざるを得なくなったのか……毎日が地獄だっただろう」

「……わかるような気がします」

娘の亜矢が仕事に就くと、女房は勤めていた会計事務所を辞めた、と山茂は言った。

「社会と接点を持てば、過去を知られるかもしれない。だが、生きていくためには働かなければならない。女房にとって、会計事務所は針の筵《むしろ》だった。一日でも早く辞めたかっただろう。やっとその日が来た、と思ったはずだ。だが、不運は続いた。交通事故に遭って両足を骨折し、歩けなくなった。どうして自分ばかり、と腹が立ってならなかっただろう。当たり散らす相手は、娘の亜矢しかいない」

「……それに耐えきれなくなった亜矢が、母親を殺したということですか？」

違う、と山茂は首を振った。

「さっきも言ったが、介護はする方もされる方も辛い。悲惨な状況に陥ることもある。だが、亜矢が母親を殺したのは、そのためじゃなかった」

「……では、何のためです？」

母親の放ったひと言が、亜矢の心の奥底にあった蓋を開いた、と山茂はポケットから煙草を取り出して火をつけた。

「おそらく、父親絡みのことだろう。何を言ったのかはわからんが、それは絶対に言ってはならない言葉だった。その時、亜矢は〝亜矢ではない何か〟に変わった。二十年以上、心に沈めていた闇が姿を現し、それが母親を殺したんだ」

十月の初旬から、亜矢は理由をつけて母親の通院やリハビリを止めていました、と柿原が言った。

「それは……母親を殺害していたためだったんですね」

死人にリハビリの必要はないからな、と山茂は煙を吐いた。

「誰も母親と会っていない。電話で話したという者はいたが、亜矢が母親になりすまして、受け答えしていたんだ。樋口も母親と話したと言っていたが、それも亜矢だった。母親を殺したという意識が、亜矢にはなかったのかもしれん。亜矢の中で、母親は生きていた。自分と母親の二役を使い分け、会話していたんだろう」

母親を殺した後、死体を布団の圧縮袋に入れて、中の空気を抜いたんですね、と柿原が顔を伏せた。腐敗を防ぐためだ、と山茂は顔をしかめた。

「母子家庭に育った亜矢は、心のどこかで父親を求めていた。ファザコン傾向が強かった彼女が想いを寄せたのが、立原教授だった。帝光大で最も優秀な医師の一人で、ルックスもいい。しかも独身だ。立原教授を〝自分のもの〟にするために、亜矢は立原LSに入ったんだ」

「でも、彼女は岸辺と交際していましたが……」

岸辺は当て馬だった、と山茂は洟をすすった。

「あるいは、岸辺と交際している姿を見せて、立原教授に嫉妬させたかったのか……その辺は俺にもわからん。だが、彼女が思っていた通りにはならなかった。それどころか、立原教授が選んだのは、同じLSの羽島結花子だった。立場上、大学内では言えなかったが、親しい友人には婚約者として紹介していたそうだ。病院を辞めると羽島が周囲に漏らしていたのは、結婚が本決まりになったからだ。職場で浮いていたのも、友人が少なかったことも事実だが、彼女にとってはどうでもよかった。家庭に入り、立原教授の妻として暮らしたかったんだろう」

「だから……亜矢は羽島さんを殺したんですか？」

柿原が冷蔵庫に目を向けた。その前に日比野を殺した、と山茂は言った。

「羽島を殺しても、立原教授が彼女を忘れることはない。それどころか、思い出は美化される。亜矢の狙いは、日比野を殺した罪を羽島に着せ、警察に彼女を逮捕させることだった。それなら、羽島結花子のイメージは地に落ちる。どんな手を使っても、亜矢は立原教授を自分のものにすると決めていたんだ」

　コーポにいた他の住人も躊躇せず殺したということですか、と柿原が額に手を当てた。顔が真っ白になっていた。

「ですが……現場付近で、背の高い髪の長い女を目撃した者がいます。特徴は羽島結花子によく似ていました。亜矢は背が低いし、髪の毛もショートです」

　部屋のどこかにウィッグがあるはずだ、と山茂は唇を真一文字に結んだ。

「ハイヒールを履けば、身長は高くなる。すべては日比野殺害の犯人を羽島結花子だと警察に思わせるための偽装工作だった。その時、亜矢は異様な興奮状態にあったはずだ」

「なぜわかるんです？」

　臭いだ、と山茂は新しい煙草をくわえた。

「悪臭のために、女がいたことに気づいた、という目撃者の証言を覚えてるか？　雨宮リカと同じように、亜矢も感情が高ぶると体臭が強くなる体質だった。目が痛くなるほどの激臭だったと目撃者は話している。羽島を殺人犯に仕立て上げる愉びで、亜矢が興奮していたのは間違いない」

「岸辺を殺したのはなぜです？」

不要になったからだ、と山茂は不快そうに顔を振った。室内の空気が動いたためか、臭気が強くなっていた。

「雨宮リカがそうだったように、自分にとって不都合な存在、目障りな者を排除することを、亜矢は厭わない。日比野殺しの容疑で羽島が逮捕されれば、立原教授は自分のものになるはずで、そうなると岸辺の存在はかえって邪魔になる。自宅にいたと亜矢は話していたが、実際は岸辺の部屋を訪れていたんだ。あの日、宮内が自殺したことで、岸辺はひどく落ち込んでいた。恋人である亜矢が慰めに行けば、部屋に入れただろう」

「そうですね」

「酒を勧め、泥酔させた。岸辺だって、酔って何もかも忘れたかったはずだ。難しいことじゃない。その後、酔った岸辺を外に連れ出し、用意していた車に乗せ、大久保へ向かった。亜矢が担いで運んだわけじゃない。歩ける程度に酔わせ、車内で無理やりボトルのウイスキーを飲ませた……そんなところだろう」

どうして大久保だったんですと尋ねた柿原に、亜矢はリカになっていた、と山茂は口を尖らせた。

「本当の意味でリカの心理に感染していたのは、六歳だった亜矢だ。本人は意識していなかっただろうが、あの時から亜矢は人生をリカに支配されていたんだ」

「支配……」

リカが本間隆雄と暮らしていたのは、大久保のアパートだった、と山茂は言った。

「建物の名前は亜矢も知らなかっただろうが、大久保という地名は新聞にも載っていた。リカに支配されていた亜矢にとって、岸辺を殺す場所は大久保しかなかった。免許を持っていなくても、オートマ車なら中学生だって運転できる。車さえ盗めば、後は簡単だったろう」

僕にはわかりません、と柿原が深く息を吐いた。

「では、樋口刑事を殺したのは何のためです？　そんな必要があったんですか？」

樋口が羽島を疑っていた理由は主に三つあった、と山茂は指を三本立てた。

「まず身体的特徴。次に、羽島と雨宮リカが同じ広尾、しかも距離的に近い場所に住んでいたことだ。事件の噂を聞いて育った羽島がリカの影響を受けた、つまり心理感染があったと樋口は考えた。だが、最も重要だったのは、雨宮リカに双子の妹がいたことだ」

結花ですね、と柿原がうなずいた。不運な偶然に過ぎなかった、と山茂はつぶやいた。

「樋口は羽島が意図的にその名前を選んだと思い込んだ。リカの心理に感染した羽島が、リカの妹になるため、結花子と名乗ったと……」

樋口は冷静さを欠いていた、と山茂はライターで煙草に火をつけた。

「自分に言わせれば、樋口もリカに心を乗っ取られていたんだ。先入観による思い込みは覆せない。だが、岸辺殺しに関して、羽島に殺害する動機はなかった。俺がそれを指摘すると、一時は羽島犯人説を引っ込めたが、解離性同一性障害、ＤＩＤの可能性に気づいた。言うまでもないが、公認心理師の亜矢はＤＩＤについて詳しい。意見を聞くため、樋口は帝光大のカウンセリングルームへ通うようになった」

専門家ですからね、と柿原がうなずいた。樋口は亜矢の本質を見誤っていた、と山茂は携帯灰皿に灰を落とした。

「公認心理師は話を聞くのが仕事だ。そのための訓練も積んでいる。接しやすく、話しやすい亜矢に捜査上の機密を明かしたのも、あの女を信じていたからだ。だが、樋口が自分の秘密に気づく恐れがある、と亜矢は直感した。雨宮リカがそうだったように、危険を察知すれば、ためらうことなくその対象を殺す。害虫駆除と同じぐらい簡単にな」

「駆除ですか……」

重要な情報があると言って、付属病院の外科部の電話で樋口を呼び出した、と山茂は天井に向けて煙を吐いた。

「それは羽島も同じだ。大事な相談があると口実を作って早退させ、コインパーキングから車を出した後、同乗した。大学の付属病院から盗み出した麻酔薬を注射し、意識不明になった羽島をトランクに押し込み、自分で車を運転し、樋口をピックアップした。同じ手口で眠らせ、樋口の自宅へ向かい、そこで殺害した。死体をバラバラに解体したのは、亜矢自身というより、リカだったんだろう。邪魔者を徹底的に壊すのが、リカのやり方だ」

「雨宮リカは……今も生きてるんですか？　さらった亜矢に何をしたんです？　一体何者なんですか？」

一度にいくつも聞くな、と山茂は憂鬱そうに煙を吐いた。

「六歳前後に起きた出来事が、その後の人生を支配することも有り得る、と亜矢は樋口に話したそうだ。彼女は自説の正しさを、身をもって証明したことになるのかもしれん。リカが死んだのか、生きているのか、それはわからんが、どちらにしてもあの女の意志は今も残っている。ネットや過去の報道の中に……雨宮リカは邪悪な何かとしか言いようがない。そして、それは誰の心の中にもある。今、言えるのはそれだけだ」

邪悪な何か、とつぶやいた柿原が、口にハンカチを当てた。鑑識員が冷蔵庫の扉を開け、切断された羽島結花子の頭部を取り出していた。

「お前は樋口の大学の後輩で、親しかったそうだな。樋口を殺した白崎亜矢が憎いだろう。気持ちはわかるが、俺がお前をこの現場に連れてきたのは、教えておかなければならないことがあるからだ」

「……何です？」

捜査に私情を挟むな、と山茂は柿原の肩に手を置いた。

「樋口が殺されたことについて、俺には後悔しかない。もっと早く気づいていれば、死なせずに済んだかもしれん。だが、それは私情であり私怨だ。刑事にとって重要なのは、被害を最小限に留めることで、白崎亜矢の逮捕によって、一連の事件は終わった。わかるか、柿原。樋口の死は、本人にも責任があった。尊敬し、慕っていた梅本、青木という二人の刑事のために、感情的になって思い込みで捜査を進めた。そのために最悪の結果を招くことになった。それを教えておきたかった」

柿原が目を逸らした。聞け、と山茂はその両腕を摑んだ。

「言いたいことはわかってる。だが――」

雨宮リカは本間隆雄を監禁していた約十年の間に、少なくとも二人の女性を殺害しています、と柿原が山茂の手を払った。

「四件のバラバラ殺人も、未解決のままです。山茂さんが言ったように、雨宮リカの痕跡は今も残っています。リカの心理に感染する者が、今後も出てくるでしょう。それを防ぐためには、すべての事件の全容を明らかにするべきだと思います。それに、殺人犯の逮捕は警察の責務です。私情ではなく――」

出るぞ、と山茂は顎をしゃくった。

「簡単に負の連鎖を止めることができると思ったら、大間違いだ。勝手な考えで突っ走れば、お前もリカに呑み込まれるぞ」

待ってください、と山茂の後を追って柿原が外廊下に出た。

「なぜそんなことを？　雨宮リカ事件は終わっていません。捜査は警察の責務であり責任だと――」

ここにいたくない、と山茂は外廊下を進んだ。

「一分でも長くいれば、雨宮リカの何かが俺の中に入り込んでくるだろう……リカの生死は不明だと言ったが、どっちにしても同じだ。さっきも言ったが、あの女は誰の心の中にもいる。お前の中にもネガティブな感情があるだろう。不満、満たされない承認欲求、怒り、妬み、そういった感情が異常な形で膨れ上がると、リカになる。四件の未解決殺人事件の犯人は、リカの心理に感染したんじゃない。リカの存在は、単にきっかけのひとつに過ぎなかった。犯人の心の中のリカが暴走した、そういうことだ」

「そこまでわかっているなら――」

はっきり言わなきゃわからんか、と山茂はエレベーターの前に立った。

「俺は怖い。死ぬのが怖いんじゃない。自分の中にリカがいることを認めるのが怖いんだ。四件の未解決事件の捜査は、コールドケース班が担当する。お前は手を出すな。俺は部下のバラバラ死体の検分なんかしたくない。菅原警部補のようになりたくないんだ」

不服そうに首を振った柿原が前に出て、外廊下の端にあるエレベーターのボタンを押した。

「……白崎亜矢は、どうして口を動かし続けていたんです？　刑事たちの質問にも答えず、黙秘しているだけで――」

あれは黙秘じゃない、と山茂はエレベーターに乗り込んだ。

「話すことができなかったんだ。あの女の口の中には、立原教授の眼球が入っていた。あの女が欲していたのは教授の心で、目はその象徴だ。だから口に入れ、教授の心を味わい、至福の時を過ごしていたんだ」

その場でいきなり嘔吐した柿原を無視して、山茂は閉ボタンを押した。ゆっくりとエレベーターが降りていった。

エピローグ　底

夜九時、警視庁本庁舎捜査一課第五強行犯八係に柿原は戻った。五、六人の刑事が席に座っていたが、軽く頭を下げただけで、すぐにデスクのパソコンを開き、動画ファイルをクリックした。

モニターに画像が映し出された。右上の数字は12／26／19：01となっていた。

一人の刑事が正面の右奥、もう一人の刑事がスチールのデスクを挟んで、白崎亜矢と向かい合う形で座っていた。

羽島さんを殺したのは母です、と微笑を浮かべた亜矢が口を開いた。

「昨日、帰宅すると、母が羽島さんの首を切り落としていました。何があったのか、どうしてそんなことになったのか、わたしにはわかりません。母はまるで家事をしているようでした。魚の頭を落とす時のように、鼻歌を歌ってましたわたしはとめることもできずそのようすをみてるしかなくてそしてははがはじまさんのあたまをれいぞうこれいぞうこにいれてあたしあたしはどうしたらなぜれいぞうこにいれたとおもいますでもよくおぼえていなくてなにもわからなくてあたしあたしあたしそうしたらははがじぶんのくびをちがほうちょうできったらすごいいきおいでちがとびちってどこにいるのかわかりませんでしたでしただってわたしはどうしていいのかわからなくてわからなくて——」

あなたのお母さんが亡くなったのは十月初旬です、と正面右奥の刑事が言った。

「首を紐で絞められ、窒息死していました。あなたが殺し、布団の圧縮袋に押し込み、掃除機で中の空気を吸引した。そうですね？　羽島さんについても、解剖の結果、殺害されたのは昨日だとわかっています。彼女の顔や肌に、あなたの指紋が残っていました」

亜矢が微笑を濃くした。質問に答えてください、と刑事がデスクを叩いた。

「あなたが二人を殺害したのは明確な事実です。立原教授の目を抉り、手首を切断したことも……あなたの日記を読みましたが、立原教授に恋愛感情を抱いていたんですね？　それなのに、なぜあんなことをしたんです？　救命措置が間に合い、教授は命を取り留めましたが、両眼と両手を失ったんです。それがどれほど惨いことか、わかってますか？」

だって、あの人には目も手も必要ないから、とはっきりした声で亜矢が答えた。

「あたしのことを見てくれるわけでもないし、触れるわけでもないんです。あんなに愛し合ってたのに……あの人、頭が悪いんです。だから結花子みたいな女に騙されるんです。どうして男ってあんなに馬鹿なんだろうあたしあれはおしおきなんですあたしわるいことをしたらばかみんなおしおきされあたしるのそれはあたしがいいこだからいいこでもないばかなおとこはあんなめにあうのがとうぜんでやらなければあたしやらなければならないからやっただけで——」

小さくため息をつき、柿原はキーボードに触れた。静止した画面の中で、亜矢が楽しそうに笑っていた。

十分ほど考えてから、マウスをクリックしてメール画面を開いた。一週間前、樋口から二通のメールが送られていた。

最初のメールの本文には、雨宮リカ事件の資料のコピーを預けておくと記されていた。部署は違ったが、同じ大学の先輩で、警視庁に入庁する前から親しくしていた。コールドケース班の同僚ではなく、自分に資料のコピーを送ってきたのは、信頼されているためだとわかっていた。

そのメールには文書ファイルが添付されていたが、開いていなかった。三分後に送られてきた二通目のメールに、さっきのメールは削除するように、と書いてあったからだ。

最初のメールを送った直後、柿原に資料を渡してはならない、と樋口は考え直した。削除するように、という一行の文章は、樋口からの警告だった。

迷ったが、柿原は文書ファイルを開いた。膨大な量の捜査報告書があった。

クリックを続けると、最後に雨宮リカの写真と似顔絵があった。柿原は思わず息を呑んだ。

雨宮リカと白崎亜矢の顔は、まったくタイプが違った。だが、通底する感情は、瓜二つといっていいほど同じだった。

これ以上ないほど純粋な憎悪と悪意。二人の中にある感情は、それだけだった。

『雨宮リカは邪悪な何かとしか言いようがない』

『俺は怖い』

山茂の声が頭の中で響いた時、不意にデスクの電話が鳴った。他の刑事は出ようとしない。

三回目の呼び出し音が鳴り、受話器を取ると、警視庁多摩指令センター担当矢口《やぐち》、という声が受話器から聞こえた。

「三鷹市山並町交番から入電、長福川に男性のものと見られる両腕、両足が浮いているのを、通行人が発見、通報。十五分前に交番警察官が回収、報告ではまだ腐敗しておらず、死後一、二時間と考えられる。頭、胴体は未発見。殺人事件と判断されたため、本庁に出動要請あり」

至急対応します、と電話を切った時、脳裏に雨宮リカの顔が浮かんだ。

そんなはずがない、と強く頭を振った。何でもあの女に関連付けて考えるのは間違っている。

だが、体の震えが止まらなかった。他に何人も刑事が残っているのに、なぜ今の電話を自分が取ったのか。

偶然ではない。理由はひとつしかない。あの女だ。

何も終わっていない。また始まる。そして、自分はそれにかかわらざるを得ない。

のろのろと腰を上げ、ドアを開いた。奈落に繋がっているのはわかっていた。

足を引きずるようにして、柿原は暗い廊下を進んだ。見えているのは闇だけだった。

CAUTION!

本書『リメンバー』から、「リカ・シリーズ」を読み始めた読者の方もおられると思います。
『リメンバー』は「リカ・クロニクル」のエピソードとして後期の物語ですので、私としては本書だけを読んでも楽しめるように書いたつもりですが、バックグラウンドの重複を避けるため、説明は最小限にとどめています。

できれば発行順（『リカ』→『リターン』→『リバース』→『リハーサル』）でお読みいただき、その後改めて『リメンバー』の頁を開いていただければ幸いです。

「リメンバー」／リカ・クロニクルの増殖

前作『リハーサル』の「リカ・クロニクル／リブートへの誘い」でも書きましたが、当初私に『リカ』をシリーズ化するつもりはまったくありませんでした。

続編『リターン』を書いたのも、何らかの意志が働いたため、としか言えません。『リバース』『リハーサル』についても、それは同じです。

ただし『リメンバー』の構想は、かなり前からありました。きっかけは、ある読者からのダイレクトメッセージでした。

本書『リメンバー』のネタバレになりますので、詳しく書くことはできませんが、『リカ』に登場していた〝ある人物〟のその後に興味がある、という内容だった記憶があります。

その角度から考えたことはなかった、というのが私の率直な思いで、意表を突かれた、と言えばいいのでしょうか。

ですが、言われてみると確かにそうだ、と思ったのも事実です。『リカ』は私のデビュー作で、特に計算したわけではありませんが、「係わってはならない者」とリカを規定したのは、潜在意識の働きによるものだったかもしれません。

それは『リカ』にワンシーンだけ出てくる、ある人物の言葉に象徴されています。

「あたしは、あんたと係わり合いたくないんだ」

＊

ウィキペディアの五十嵐貴久の項目には、「日本の小説家・推理作家」とあります。個人的に自分を推理作家と思ったことはありませんが、小説の中で犯罪を扱ったこともありますし、多くの人がそうかもしれませんが、犯罪に興味があるのも確かです。

現実の犯罪では、犯人が逮捕されれば、それですべてが終わるわけではありません。裁判が、判決がということではなく、犯罪には周囲の人間を巻き込む特性があります。中には、永遠に終わりのない犯罪もあるでしょう。

それは小説の中の犯罪でも同じで、加害者・被害者の家族、友人、同僚、その他すべての関係者にその後の人生があり、小説として書かれることはなくても、続きはあるのです。

＊

リカという人物のことを、私は何もわかっていません。無責任な話ですが、実際にそうなのです。

ただ、リカの影響を受ける方が現実にいることはわかっているつもりです。私のツイッター、インスタグラムに毎日のように数多くのダイレクトメッセージが送られてきますが、ほとんどの方がリカへの共感、あるいは反感を語っています。

通底している感情は「自分の中にいる（かもしれない）リカへの怯え」です。

「わたしにはリカ的なところがある。ひとつ間違えば、同じことをするかもしれない」

そういうメッセージを、何度読んだかわかりません。逆に、強い敵意、反感によるメッセージも多く、中には「五十嵐貴久の人間性を疑う」とまで書いてくる方もいます。

いずれにしても、共通するのは「リカという深淵への恐怖」です。共感も否定も、根底は同じなのです。

＊

それは小説でも同じで、リカに係わった者たちは、その後の人生でもリカの影響を多かれ少なかれ受けることになります。『リメンバー』において、私はそれを心理感染と呼んでいますが、現実の犯罪者の中に、他者に対し強い影響力を持つ者がいることは、多くの読者によって証明されているのです。

＊

不定期な形になると思いますが、今後も「リカ・クロニクル」は続いていくはずです。なぜなら、まだ描かれていないリカのエピソードがあるからで、次作、次々作はリカの過去に戻り、新たな物語が始まるでしょう。

＊

この後書きを書いているのは、十月一日です（出版とはそういう業界です）。従って、ドラマ化された「リカ」は未見なのですが、告知や番宣によって情報を知った方から、既に多くのメッセージが届いています。

私は自分の小説の映像化について、特にこだわりはなく、意見もないのですが、『リカ』に関してはあまり積極的になれずにいました。

これには理由があって（『リカ』に限ったことではなく）ホラー小説の映像化は非常に難しい、と個人的に考えているためです。

とはいえ、ドラマ化をきっかけに「リカ」が増殖する（それは「あなたの中の〝リカ〟が覚醒する」ことと同義なのですが）のであれば、興味深いと思っています。

今回のドラマでは、『リハーサル』と『リカ』が原作となるということですが、今後別の展開があるかもしれません。

そのためにも、「リカ」シリーズをすべてあなたの本棚に揃えていただければ、と願っています。

＊

最後になりますが、本書執筆に当たり、心理カウンセラー加藤隆行氏から貴重なご意見をいただいたことを感謝します。

令和元年十月　五十嵐貴久

〈参考資料〉

『こころの日曜日 2　46人のカウンセラーが語る心と気持ちのほぐし方』
菅野泰蔵・編（法研・1994）
『臨床心理士になるには』乾吉佑、平野学（ぺりかん社・2004）
『図解雑学　心理カウンセリング』松原達哉（ナツメ社・2004）
『心理カウンセラーをめざす前に読む本「私でもなれるの？」と思っているあなたへ』
富田富士也（学陽書房・2002）
『心理カウンセラーをめざす人の本 '19年版』
新川田譲・監修、コンデックス情報研究所（成美堂出版・2018）
『精神科医の仕事、カウンセラーの仕事　どう違い、どう治すのか？』
藤本修、関根友実（平凡社・2016）
『心理職・援助職のための法と臨床　家族・学校・職場を支える基礎知識』
廣井亮一、中川利彦、児島達美、水町勇一郎（有斐閣・2019）
『あたらしいこころの国家資格「公認心理師」になるには '18〜'19年版』
浅井伸彦（秀和システム・2016）

『臨床心理士・公認心理師まるごとガイド　資格のとり方・しごとのすべて』
亀口憲治・監修（ミネルヴァ書房・２０１６）
『医療心理学　改訂版』小川芳男（北樹出版・２０１０）
『実験心理学　なぜ心理学者は人の心がわかるのか？』齊藤勇（ナツメ社・２０１２）
『講座　心理学　第12巻』松山義則・編（東京大学出版会・１９８０）
『発達心理学　周りの世界とかかわりながら人はいかに育つか』
藤村宣之（ミネルヴァ書房・２００９）
『生理心理学　脳のはたらきから見た心の世界』
岡田隆、廣中直行、宮森孝史（サイエンス社・２０１５）
『心理学概説　行動理解のための心理学』正田亘、水口礼治（晃洋書房・１９９２）
『心理学・入門　心理学はこんなに面白い』サトウタツヤ、渡邊芳之（有斐閣・２０１１）
『徹底図解　社会心理学　歴史に残る心理学実験から現代の学際的研究まで』
山岸俊男・監修（新星出版社・２０１１）
『心理学史　現代心理学の生い立ち』大山正（サイエンス社・２０１０）
『心理学史　心理学的思想の主要な潮流』
T.H.リーヒー、宇津木保・訳（誠信書房・１９８６）

『心理学者、心理学を語る　時代を築いた13人の偉才との対話』
デイヴィッド・コーエン、子安増生・監訳、三宅真季子・訳（新曜社・2008）
『心理学　第3版』鹿取廣人、杉本敏夫、鳥居修晃（東京大学出版会・2008）
梅本堯夫、大山正、岡本浩一、高橋雅延『心理学　心のはたらきを知る』（サイエンス社・2014）
『セラピスト』最相葉月（新潮社・2014）
『セラピストの技法』東豊（日本評論社・1997）
『セラピストとクライエント　フロイト、ロジャーズ、ギル、コフートの統合』
マイケル・カーン、園田雅代・訳（誠信書房・2000）
『セラピストのための面接技法　精神療法の基本と応用』
成田善弘（金剛出版・2003）
『NYの人気セラピストが教える　自分で心を手当てする方法』
ガイ・ウィンチ、高橋璃子・訳（かんき出版・2016）
『プレイセラピー　関係性の営み』
ゲリー・L・ランドレス、山中康裕・監訳、勅使川原学・訳（日本評論社・2007）

本書は、「小説幻冬」（二〇一九年六月号、八月号〜十一月号）の連載に加筆・修正した文庫オリジナルです。

リメンバー

五十嵐《いがらし》貴久《たかひさ》

令和元年12月5日　初版発行

発行人――石原正康
編集人――高部真人
発行所――株式会社幻冬舎
〒151-0051東京都渋谷区千駄ヶ谷4-9-7
電話　03(5411)6222(営業)
　　　03(5411)6211(編集)
振替00120-8-767643
印刷・製本―図書印刷株式会社
装丁者――高橋雅之

幻冬舎文庫

ISBN978-4-344-42917-8　C0193　い-18-17

幻冬舎ホームページアドレス　https://www.gentosha.co.jp/
この本に関するご意見・ご感想をメールでお寄せいただく場合は、
comment@gentosha.co.jpまで。